Tanja Scheichl-Ebenhoch

## Die Geigerin
Band 1 - Im freien Fall

*From the day of birth*
*it's all about love and being loved!*

Tanja Scheichl-Ebenhoch

# Die Geigerin

**Roman**

Band 1: Im freien Fall

# Impressum

© BellingsBooks Verlag, Schweiz
1. Auflage 2022
Alle Rechte inkl. Übersetzungsrechte vorbehalten.

Das Werk darf - auch auszugsweise - nur mit ausdrücklicher schriftlicher Genehmigung des Verlags und der Autorin wiedergegeben werden. Jegliches Speichern und Kopieren ist untersagt.

© Umschlagfoto: Huber-Images.at

Druck: KOPA Druck, Vilnius, Litauen

ISBN: 978-3-907314-07-4

# Prolog

## 1

Sophia sah ihn schon vom Eingang aus an der Bar sitzen. Er trug einen ausgeleierten, schlammgrünen Parka, der im Sitzen beinahe bis zum Boden reichte. Seine dunkelbraunen Haare hatte er wie selbstverständlich zu einem Dutt am Hinterkopf zusammengeknotet. Diese etwas alternative Frisur sah vollkommen schlüssig an ihm aus, ebenso der Dreitagebart in seinem markanten Gesicht. Dazu passte das obligatorische Weißbier, das in diese Art von Lokal einfach dazugehörte, perfekt.

Sophia schätzte ihn auf Anfang bis Mitte zwanzig. Irgendein Freund stand neben ihm. Die beiden unterhielten sich. Eine Art Stromstoß durchzuckte bei seinem Anblick Sophias Körper. Sie versuchte rasch, die seltsame Anziehungskraft, die von diesem männlichen Wesen ausging, dingfest zu machen. Vergeblich. Er entsprach mit seinem recht muskulösen Körperbau und seinen dunklen Haaren zwar in etwa ihrem Geschmack in Bezug auf das männliche Geschlecht. Aber es war nicht nur das Äußere. Die Art, sein Gegenüber zu fixieren und dieses seltsame Funkeln in seinen Augen, trafen Sophia direkt ins Herz.

Die Stimme ihrer Freundin Allegra brachte sie in die Realität der verrauchten Kneipe zurück.

„Seht ihr die beiden dort drüben an der Bar? Der mit den langen, dunklen Haaren ist aber auch eine Wucht. Sicher schwul. Die interessanten Männer sind bekanntlich alle schwul. Oder längst vergeben."

„Du spinnst ja", murmelte Sophia verlegen. Dabei starrte sie weiterhin wie hypnotisiert zu den beiden jungen Männern hinüber.

Sandra, ihre zweite Freundin, grinste wie das berühmte Honigkuchenpferd.
„Oha, unsere wählerische Prinzessin ist auf einmal beeindruckt. Gibt's ja gar nicht! Auf diesen Augenblick haben Allegra und ich jetzt beinahe ein ganzes Jahr gewartet. Na, dann wollen wir mal."
Sophia errötete bis unter die Haarwurzeln. Doch noch bevor sie Einspruch erheben konnte, strebten die beiden Freundinnen direkt auf das Objekt der Begierde zu. Nur die vierte im Bunde, die schüchterne Alex, blieb ebenso wie sie selbst wie angewurzelt in Eingangsnähe stehen.
Bald darauf waren die vier auf der gegenüberliegenden Seite in ein angeregtes Gespräch verwickelt. Der junge Mann des allgemeinen Interesses schien sich dabei köstlich zu amüsieren. Er scherzte und lachte laut und herzlich. Zum wiederholten Male spürte Sophia ein flaues Gefühl in der Magengegend.
Nach ein paar Minuten Smalltalk drehte sich der südländische Typ abrupt um. Er schaute ihr zum ersten Mal frontal in die Augen. Sie schienen die junge Frau bis in ihre tiefste Seele zu durchdringen. Es war richtiggehend unheimlich.
Allegra winkte die beiden Freundinnen heran.
Am liebsten wäre Sophia vor lauter Scham im Erdboden versunken. Sie registrierte erneut ein Erröten unter der Schminke. Gott, wie peinlich. Vermutlich konnte jeder ihre unangemessene Reaktion sehen. Sie trat auf ihn zu.
Oh Mann, der Typ wirkte aus der Nähe ja noch anziehender als von weitem.
„Hi, ich bin Tom. Tom Hagner. Und wer bist du?" fragte er sie mit tiefer, leicht belegter Stimme.
„Sophia, Sophia Goldmann. Hallo." erwiderte sie rasch.

„Freut mich. Du interessierst dich also auch für Sport jeder Art: Joggen, Fitness, Klettern, Schifahren. Die Kombination aus Natur und Bewegung ist unschlagbar, was?"
Sophia schenkte Allegra und Sandra einen grimmigen Blick.
„Naja, ich, also, ich..."
„Was ist denn deine Lieblingssportart?"
„Ich, nun, ich stehe eher auf, hm, auf Denksportarten."
„Aha, Denksportarten. Also Schach. Und was genau fasziniert dich so daran?"
„Ja, Schach ist bestimmt großartig. Aber weißt du, ehrlich gesagt bin ich gar nicht so wirklich sportaffin. Mein Interesse gilt eher der Musik und da ganz speziell der Gei..."
Noch bevor es zu weiteren Peinlichkeiten kommen konnte, prostete Sandra geistesgegenwärtig in die Runde:
„Ein Hoch auf alle Sportarten, die uns gefallen. Und auch auf die Musik, ganz egal, welche." Die anderen Freundinnen stimmten sofort lautstark mit ein. Danach wurde eine Weile wild und gutgelaunt durcheinandergeredet. Mann und Frau amüsierten sich augenscheinlich köstlich.
Immer wieder trafen sich im Laufe des Abends wie zufällig Sophias und Toms Blicke. Die beiden schienen magisch voneinander angezogen. Diese kurzen Momente genügten, dass es mit der Zeit auch die anderen vier Anwesenden spürten. Hier trafen sich gerade zwei Seelenverwandte. Etwas, an das die beiden Betroffenen selbst am allerwenigsten geglaubt hatten, schien im Gange. Ein seltsames Knistern lag in der Luft.

Als sie sich zum Abschied gegenseitig umarmten, steckte Tom Sophia blitzschnell einen kleinen Zettel zu. Er murmelte unauffällig:

„Meine Nummer." Und sah ihr vielsagend in die Augen.

Auf dem kurzen Heimweg löcherten die drei Mädchen Sophia mit Fragen.
„Werdet ihr euch wiedersehen? Habt ihr denn schon etwas ausgemacht?" Alex zersprang beinahe vor Neugierde.
„Dummerchen, natürlich sehen sie sich wieder. Hat jeder bemerkt, dass da was am Laufen ist", unterbrach Sandra sie.
„Naja. Er hat mir seine Handynummer gegeben. Aber ich weiß noch nicht, ob ich anrufen werde."
„Hallo? Ich höre wohl schlecht. Selbstverständlich wirst du. Und zwar gleich morgen früh. Sonst rede ich nichts mehr mit dir. Gar nichts. Nie mehr, hörst du.", war Allegras schnippischer Kommentar.

## 2

Der nächste Tag war ein Sonntag. Sophia erwachte bereits im Morgengrauen. Im Geiste ging sie den vorigen Abend noch einmal bis ins letzte Detail durch. Sie versuchte, sich an jeden Satz, an jedes Wort zu erinnern, das aus Toms Mund gekommen war. Beim Denken an Tom begann sie zu schwitzen vor lauter Aufregung.
Wie jeden Sonntag band sie ihre glatten, halblangen brünetten Haare unkompliziert zum Dutt, damit sie ihr beim Üben nicht ständig ins Gesicht fielen. Dann setzte sie sich, noch im Pyjama, an ihr Notenpult und begann, auf ihrer Violine zu spielen. An diesem Morgen war sie jedoch völlig unkonzentriert. Keine einzige Stelle wollte ihr fehlerlos gelingen. Geige üben machte keinen Spaß. In Gedanken war sie immer noch

bei ihrer Begegnung vom Abend zuvor. Nach einigen Minuten fehlte ihr jegliche Motivation.

Unverrichteter Dinge beendete Sophia ihr Musizieren. Rasch zog sie sich die schwarze Jeansjacke über, steckte ihr Handy ein und verließ das elterliche Haus in Richtung Park. Dort setzte sie sich auf eine Bank. Dann wählte sie wie ferngesteuert die angegebene Nummer auf dem Zettel.
„Hallo?" kam es verschlafen vom anderen Ende.
Einige Sekunden des Schweigens vergingen.
„Tom", krächzte sie heiser.
„Sophia, wenn du es bist, leg bitte nicht auf. Bitte! Ich muss dir etwas Wichtiges sagen. Hör zu: Ich weiß nicht, ob du dich genauso wie ich für Sport interessierst. Und es ist mir auch völlig egal, weil, du gefällst mir. Und ich meine damit nicht nur dein Aussehen. Du hast etwas an dir, etwas Interessantes, etwas, das mich unheimlich fasziniert." Vor Nervosität hatte er die Worte in rasendem Tempo gesprochen. Verlegen und mutig zugleich setzte er fort:
„Ich mag deine verletzliche Art und die Weise, wie du einen anschaust. Wie du aufmerksam zuhörst und überhaupt. Du bist etwas Besonderes. Und irgendwie auch anders, tiefergehend. So, jetzt weißt du Bescheid!"
Stille.
Dann vernahm sie:
„Ich möchte dich so gerne kennenlernen. Richtig kennenlernen. Leider bin ich nur bis zum Abend in der Stadt. Können wir uns also heute noch treffen?"
Jetzt geriet Sophia innerlich in Panik. Seine Worte hallten einige Sekunden unbarmherzig in ihren Ohren nach. Nur noch bis heute Abend.
„Ok, Tom. Kannst du in den Herzogpark kommen? Jetzt gleich?", stammelte sie atemlos. Er konnte.

Sophia und Tom. Die beiden waren von da an eine untrennbare Einheit. Trotz ihres jungen Alters war es nicht bloß eine Verliebtheit. Es war mehr. Bedeutender. Ihnen beiden war das von Anfang an klar. Eindeutig und unwiderruflich.

# Erster Teil: Tom

## Erstes Kapitel

Sophia wohnte noch bei ihren Eltern. So wie die meisten Mädchen ihres Alters, die sich am Musikgymnasium auf das Abitur vorbereiteten. Und so wie ihre drei engsten Freundinnen. Diese hatten mit ihren zwanzig Jahren bereits erste Erfahrungen mit dem anderen Geschlecht gemacht. Sogar Sophias beste Freundin Alex, die für ihre allgemeine Zurückhaltung bekannt war, hatte bereits eine kurze Beziehung hinter sich. Doch als brave Geigenstudentin, die auf dem Weg zur Berufsmusikerin und Solistin war, hatte es dazu bisher an der nötigen Freizeit gefehlt.

„Glaub mir, du versäumst nichts, wenn du mit dem männlichen Geschlecht noch eine Weile wartest, Sophia", hatte Alex nüchtern bilanziert.

Soweit Sophia wusste, hatte kein einziges Elternteil ihrer ungleichen Freundinnen auch nur im Entferntesten Probleme wegen deren Männerbekanntschaften gemacht. Nicht einmal die Eltern von Alex. Doch als behütetes Einzelkind konnte sie selbst ihre beiden ‚Alten' unter keinen Umständen in ihr neues, junges Liebesglück einweihen. Absolutes Unverständnis wäre ihr so gut wie sicher. Davon war sie jedenfalls felsenfest überzeugt.

Die jungen Leute trafen sich nach ihrer ersten Verabredung im Park so oft wie möglich. Was jedes Mal mit einem ungeheuren Kraftakt verbunden war. Tom lebte nämlich in einer Studentenbude im hohen Norden. In Hamburg, um genau zu sein. An den Wochenenden übernachtete er nun regelmäßig in der Wohnung seines besten Kumpels in München, um sein Mädchen zu sehen. Felix war es auch gewesen, der Tom an jenem schicksalshaften Abend in der bayerischen Kneipe begleitet hatte. Die frisch Verliebten verabredeten sich also meistens in dessen Wohnung, unternahmen Ausflüge in den Münchner Zoo und machten lange Spaziergänge im nahegelegenen Park. Die beiden genossen ihre rare gemeinsame Freizeit. Allerdings ständig mit der unguten Gefahr im Nacken, eventuell von Bekannten der Eltern entdeckt und enttarnt zu werden.
Die gemeinsamen Abende verbrachten sie in angesagten Lokalen der Stadt und in Gesellschaft ihrer Freunde.

Doch trotz aller Vorsicht blieb Sophias neuer Lebenswandel zuhause nicht lange unentdeckt. Besonders ihr Vater, der ehemals gefeierte Konzertpianist Alfred Goldmann, verstand die Welt nicht mehr. Was um Himmels Willen war nur über Nacht mit seinem kleinen, fleißigen Mädchen geschehen? Diesem süßen, göttlichen Geschöpf mit den großen dunklen Kulleraugen, das ihm Lena vor mehr als 20 Jahren geschenkt hatte und dem er von Anfang an verfallen war. Er hatte immer nur das Beste gewollt für sein eigen Fleisch und Blut: Bildung und Erfolg an allererster Stelle.
Daher waren Sophias Lebensinhalt auch seit frühester Kindheit das Üben und Musizieren auf der Geige gewesen. Meist ohne Murren und ohne Wenn und Aber. Doch genau das schien seine talentierte Tochter von heute auf morgen nicht mehr zu interessieren. An den Wochenenden verabredete sie

sich neuerdings mit ihren Schulfreundinnen und besuchte an den Abenden seines Wissens irgendwelche schummrigen Bars und einschlägigen Nachtlokale. Ihre tägliche Übungszeit nahm hingegen dramatisch ab. Dabei hatte Sophia gerade erst beim renommierten, internationalen Instrumentalwettbewerb in der Heimatstadt einen zweiten Preis gewonnen. Und das als jüngste Teilnehmerin. Geschlagen nur von einer drei Jahre älteren deutschen Violinistin, die längst internationale Erfolge als Solistin feierte. Das müsste den Ehrgeiz seiner Tochter doch endgültig entfacht haben. So wie es damals in seiner
Jugend bei ihm selbst der Fall gewesen war. Allerdings bevor ihm dieser verdammte Verkehrsunfall, bei dem er zwei Finger der rechten Hand verloren hatte, vor einigen Jahren einen Strich durch die Rechnung gemacht hatte.

Nach ein paar schulfreien Nachmittagen, die Sophia allein auf ihrem Zimmer verbracht hatte, ohne ihr Instrument auch nur in die Hand zu nehmen, platzte Alfred der Kragen. Ohne anzuklopfen, riss er die Tür zum Mädchenzimmer auf. Gereizt polterte er:
„Was ist bloß los mit dir, Sophia? Du übst nicht mehr! Du liegst faul in deinem Bett herum! Meint Madame, der Erfolg kommt von ganz allein? Oder wie?"
Sophia schaute ihren Vater genervt an. Dann zuckte sie gleichgültig mit den Schultern und legte sich seelenruhig zurück in ihr Kissen.
„Chill mal, Papa. Ich bin müde. Und lass mich einfach in Ruhe, okay?"
„Was erlaubst du dir eigentlich, so mit mir zu reden! Und schau mir gefälligst in die Augen, wenn ich mit dir spreche! Du verwöhntes Gör!", gab Alfred zornig zurück. Dabei begann seine Unterlippe bedrohlich zu zucken.

„Na schön, wenn du es genau wissen willst: Ich habe keine Lust mehr zu üben! Es gibt nämlich Wichtigeres auf dieser Welt, stell dir vor!" Für den Bruchteil einer Sekunde schauten Vater und Tochter sich gegenseitig frontal in die Augen. Trotzig hielt sie dem feindlichen, beinahe hasserfüllten Blick ihres Vaters stand. Der Mensch vor ihr erschien ihr völlig fremd.
Seine Frau Lena war inzwischen hinter ihren aufgebrachten Ehemann getreten. Wie üblich bemüht, in Konfliktsituationen zwischen ihren beiden Herzensmenschen zu vermitteln. Als ehemalige Kellnerin war sie es gewohnt, ihrem intellektuellen Künstlergatten die große Bühne zu überlassen. Auch im privaten Bereich.

„Was ist hier los?", fragte sie.

Wutentbrannt trat Alfred jetzt noch einen Schritt näher an das Bett seiner Tochter heran. Mit einem Ruck zog er ihr die Decke vom Körper. Auch seine Augenbrauen begannen nun, wie durch einen Reflex zu zucken vor Zorn.

„Hey, geht's noch, Papa? Lass das! Lass mich endlich in Ruhe!", empörte sich Sophia und griff nach ihrem Laken. Sie konnte sich nicht erinnern, ihren Vater jemals so außer sich gesehen zu haben.
Bei Lena schrillten indes sämtliche Alarmglocken. Nach so vielen Jahren kannte sie auch die dunkelsten Seiten ihres Mannes. Er neigte zum Jähzorn. Zumindest ihr gegenüber. Aber nun war er im Begriff, komplett seine Beherrschung zu verlieren. So ein Wutausbruch konnte bei ihm auch mit roher Gewalt enden. Dies hatte sie als Ehefrau bis jetzt ein einziges Mal selbst zu spüren bekommen. Doch das war Jahre her.

Noch bevor Lena eingreifen konnte, hatte Alfred Sophia an den Haaren gepackt. In seiner blinden Wut schleifte er sie quer durchs Zimmer zum Notenständer.
„Da solltest du sitzen. Genau da, siehst du! Das bist du deinem Instrument nach all den Jahren schuldig! Das bist du mir schuldig! Mir, deinem Förderer und Mentor!", schrie er Sophia an.

Erstarrt vor Schreck ließ sie alles willenlos über sich ergehen. So brutal hatte sie ihren Vater noch nie erlebt. Lena versuchte indes, Alfreds starre Hand von den Haaren der Tochter zu lösen. Ihr Ehemann schien wie von Sinnen. Es gelang ihr erst nach einer weiteren Schreckminute.
„Alfred, hör auf! Hör endlich auf! Sonst verlierst du mich auch noch. Verstehst du: dann gehe ich! Für immer, ich schwöre es dir!", schluchzte und drohte sie in ihrer Hilflosigkeit.

Da ließ Alfred von seiner Tochter ab. Wortlos verließ er das Zimmer.

Den beiden Frauen liefen die Tränen unkontrolliert die Wangen hinunter. Sie klammerten sich aneinander.
Nach ein paar Minuten hatten sich beide etwas beruhigt. Lena löste sich aus der Umarmung.
„Alles in Ordnung, mein Schatz? Es tut mir so leid! Aber du musst Papa auch verstehen. Er hat so viel für dich getan, für deine Karriere, weißt du, Liebes, er hat's bestimmt nicht so gemeint. Kannst du denn nicht einfach wieder mit dem Üben beginnen? Des lieben Friedens willen?" Sophia glaubte, sich verhört zu haben.
„Für deine Karriere, des lieben Friedens willen?", äffte sie ihre Mutter nach.

„Welchen Frieden meinst du denn genau, Mama?"
Verstört schniefte sie in ihr Taschentuch.
„Nein, das werde ich Papa nie verzeihen. Nie, nie, nie. Hörst du! Und du - du hilfst auch noch diesem Tyrannen! Bitte verlass sofort mein Zimmer!"
„Sophia, ich bitte dich."
In ihrer Ohnmacht strich Lena ihrer Tochter noch ein paar Mal tröstend über die Wange. Dann verließ sie den Raum. Genau wie Alfred.
Nach diesem Vorfall herrschte Funkstille zwischen der Tochter und den Eltern. Eine Art Waffenstillstand. Doch in Sophia brodelte es. Wie hatte ihr Vater wegen einer Lappalie ihr gegenüber nur so die Beherrschung verlieren können. Einfach unerklärlich. Und unentschuldbar. Sie war zutiefst enttäuscht, mehr noch, zutiefst in ihrer Seele verletzt. Wie sollte sie ihrem eigenen Vater je wieder glauben, dass er an ihr als Person und nicht an ihr als erfolgreich funktionierender Geigenroboter interessiert war?
Doch auch von der eigenen Mutter fühlte sie sich im Stich gelassen. Ja, Alfreds Ausbruch hatte die bisherige Familienidylle gewaltig ins Wanken gebracht.

## Zweites Kapitel

Am darauffolgenden Wochenende reiste die junge Frau zum ersten Mal allein nach Hamburg. Offiziell, um eine ‚gute neue Freundin' zu besuchen. Die drei Familienmitglieder gingen sich seit jenem unrühmlichen Vorfall bewusst aus dem Weg. Alfred kam tagsüber abgesehen von den Mahlzeiten nur in äußersten Notfällen aus seinem Arbeitszimmer. Die Stimmung im Haus war angespannt.

Dort oben im hohen Norden würde Sophia endlich so akzeptiert und geliebt werden, wie sie war. Mit all ihren Macken. Ohne verwegene Karrieregedanken im Hintergrund. Und ohne sich ständig für irgendetwas rechtfertigen zu müssen. Tom riet seiner Freundin während ihres Besuches mehrfach, den Eltern endlich Bescheid zu sagen über ihre Liebesbeziehung. Ja, er flehte sie richtiggehend an. Er war intelligent genug zu erkennen, dass die Geheimniskrämerei eine Belastung für Sophia darstellte. Doch in dieser Sache blieb sie stur.

Nach wie vor verweigerte sie außerdem jeglichen Kontakt mit ihrer bisher engsten Vertrauten, der Geige. Auch diesbezüglich wollte Tom ihr keinesfalls im Wege stehen. Im Gegenteil. Er versuchte, sie wieder zum Geigenspiel zu bewegen. Versicherte ihr, wie außergewöhnlich diese Begabung sei. Und wie stolz sie darauf sein könne. Ebenfalls ohne Erfolg.

Sophia konnte im Augenblick nicht anders, als komplett abzublocken. Oberflächlich schien ihr ohne das Instrument nichts abzugehen. Rein gar nichts. Vielmehr fühlte sie sich erleichtert und frei. Zum allerersten Mal in ihrem Leben.

Tief im Inneren wusste sie es bereits damals besser. Doch der Zeitpunkt war noch nicht gekommen, die frisch erkämpfte Freiheit schon wieder aufzugeben. Alles, was sie momentan wollte, war, so viel Zeit wie möglich mit Tom zu verbringen. Gerade so, als ahnte sie schon all das Schreckliche, das die nahe Zukunft bringen würde. Unbarmherzig und unaufhaltsam.

Wieder zuhause herrschte zwischen Sophia und ihren Eltern immer noch Eiszeit. Zwei Wochen nach der Eskalation wurde Sophia unfreiwillig Zeugin eines schrecklichen Streits zwischen Lena und Alfred. Ihretwegen. Noch nie in ihrem ganzen Leben hatte sie ihre Mutter so ohrenbetäubend schreien gehört.
„Sophia hat ganz Recht: Du bist ein Tyrann! Ein Egoist, der über Leichen geht, um seine Ziele zu erreichen! Sogar über die der eigenen Tochter!", schallte es aus dem Wohnzimmer.
„So, so, ein Tyrann bin ich also in deinen Augen, Lena? Diesem Tyrannen hast du aber alles zu verdanken! Alles, verstehst du naive Servierkraft!" Furchteinflößende Stille.
Eine Minute später krachte die Haustür schwer ins Schloss. Lena hatte das häusliche Anwesen verlassen.
Sophia rannte auf ihr Zimmer, rollte sich unter die Bettdecke und begann, ihren Tränen hemmungslos freien Lauf zu lassen.

Bereits am nächsten Morgen hatte sich die Lage halbwegs beruhigt. Alles schien wie früher. Des lieben Friedens willen hatte sich die Frau des Hauses wieder einmal in ihr Schicksal ergeben.

Ganz locker schaffte Sophia einige Wochen später das Abitur. Mit Auszeichnung. Es war jeweils genügend Zeit zwischen den Treffen mit Tom gewesen, sich ordentlich darauf vorzubereiten. Und sich gelegentlich mit ihren drei Freundinnen als vierblättriges Kleeblatt im Eiskaffee oder beim Lieblingsitaliener zu verabreden.
Besonders Alex freute sich mit Sophia über ihr neues privates Glück. Die beiden jungen Frauen hingen in diesem langen Sommer nach der großen Prüfung täglich miteinander ab. Sie hatten als beste Freundinnen keine Geheimnisse voreinander. Auch mit Tom verstand sich Alex gut. Seine Intelligenz, sein Charme, sein untrüglicher Sinn für Humor. Man(n) bzw. frau musste ihn einfach mögen.

„Sag mal Tom, hast du nicht einen eineiigen Zwilling? Oder wenigstens einen wesensverwandten Freund, mit dem du mich verkuppeln könntest?", ulkte Sophias beste Freundin, während sie genüsslich ihren Erdbeershake schlürfte. Sie hatte sich mit dem Liebespaar wieder einmal heimlich im Eiskaffee Pelikan verabredet. Natürlich gönnte sie ihren Herzensmenschen ihr neues Glück. Dennoch wurde sie gelegentlich auch ein bisschen wehmütig, wenn die beiden heftig neben ihr turtelten. Musste das Leben schön sein in trauter Zweisamkeit.

„O doch, Alex! Klar, wie wär's denn mit Felix? Er ist mein Blutsbruder, wie du weißt." Tom schien seine Aussage ernst zu meinen.

„Ach ne, das ist mir ja ganz neu.", kicherte die Angesprochene amüsiert.

„Warum eigentlich nicht, Alex? Das wäre doch ideal für uns alle vier?", schlug Sophia in dieselbe Kerbe. Allerdings eher im Spaß. Ihrer Meinung nach hatte der unbeschwerte, bunte Vogel und beste Kumpel ihres Freundes sogar keine Gemeinsamkeit mit der zuverlässigen, behüteten Freundin aus bürgerlichem Juristen-Haus.

„Tja, daraus wird leider nichts. Wie ihr wisst, ist Felix für mich so eine Art abgefahrener Kollege. Ein cooler Kerl, keine Frage. Aber unglücklicherweise noch ein bisschen mehr Spinner, als du es schon bist, Tom. Folglich also nichts für mich. Warum das so ist, kann ich selbst nicht so genau beantworten. Ihm fällt auf alle Fälle immer irgendein Blödsinn ein. Und er kann nie ernst sein. Genauso, wie du, mein Lieber. Meistens jedenfalls. Nein, ich denke, das wäre zu viel für mich. Viel zu viel.", versuchte Alex, eine nachvollziehbare Begründung für ihre dankende Ablehnung zu finden.

Dabei dachte sie an ihr gegenseitiges Kennenlernen. Damals hatte Felix mit Tom nach ein paar Bierchen gewettet, wer von ihnen beiden die stützende Betonsäule des fünf Meter hohen Lokals weiter nach oben klettern könnte. In der Horizontalen, also nur mit den Händen, wohlgemerkt. Auf den anfänglichen Protest des Barkeepers war dabei keine Rücksicht genommen worden. Was im Anschluss aber nicht weiter schlimm gewesen war. Innert kürzester Zeit hatten alle anwesenden Gäste gebannt das Spiel der zwei Sportsfreunde beobachtet. Bei so einer ungewöhnlichen Unterhaltung würde sowieso jeder Kneipenbesucher in naher Zukunft wieder hierherkommen. Tom und Felix hatten sich bei der Kletterei jeweils gegenseitig angefeuert und nach jedem Versuch anerkennend abgeklatscht.

„Respekt, Partner. Fast hättest du es bis nach oben geschafft! Aber eben nur fast. Jetzt werdet ihr gleich sehen, wie das richtig geht, Leute!" Diese gegenseitige Prahlerei war beim begeistert johlenden Publikum bestens angekommen. Dadurch hatte das Unternehmen zusätzlich an Brisanz gewonnen. Das Glück war schlussendlich um einen halben Me-

ter auf Felix' Seite gewesen. Jedoch nicht, ohne beim unsanften Abgang unter dem lautstarken Gekreische der ‚Fans' mit einem Klirren alle vorhandenen Gläser der Bar ins Nirvana katapultiert zu haben.
Nach diesem sehenswerten Auftritt stand außer Frage, dass diese beiden jungen Männer nicht nur nicht alle Tassen im Schrank hatten, sondern schon öfters sowohl gemeinsam klettern als auch miteinander feiern gewesen waren.

„Ich verstehe, also zu viel Spaß für dich, Alex?" Tom zwickte die Kollegin neckisch in den Oberarm.

„Na, wenn du meinst. Schade eigentlich. Felix nimmt das Leben halt nicht so schwer. Und Recht hat er damit! Schließlich werden wir alle diesen Planeten nicht lebendig verlassen. Du nicht und ich nicht. Und das Leben ist kurz. So viel steht schon mal fest, meine Liebe." Resigniert zuckte er mit den Schultern.

„Danke dafür, dass du mich als Spinner bezeichnet hast, liebe Alex." Gespielt angefressen verpasste er Sophias bester Freundin noch einen unsanften Stoß gegen die Rippen, bevor er seine Freundin übermütig auf die Lippen küsste.
So verging einige Zeit für die beiden im Glücksrausch. Allerdings nach wie vor mit einer unangenehmen Heimlichtuerei.
 Bei der Schulabschlussfeier einige Wochen später waren Sophias Eltern nichtsdestotrotz stolz gewesen, als der Name der einzigen Tochter öffentlich vorgelesen wurde. Sie hatte das Abitur bestanden. Und wie zu erwarten mit Auszeichnung. Die Freude war gleichzeitig getrübt von der ungeheuren Enttäuschung über Sophias neu eingeschlagenen Weg der Unabhängigkeit. Frei von Leistung und Druck. Zum Leid des ehrgeizigen Vaters, jedoch ebenso frei von festen Zukunftsplänen oder gar ruhmvollen Erfolgen als Künstlerin und Musikerin.

## Drittes Kapitel

Am darauffolgenden Wochenende erwartete Tom Sophia ein weiteres Mal in Hamburg. Sein Mädchen, für immer. So viel stand für ihn einhundertprozentig fest. Auch wenn alles andere in seinem Leben äußerst flexibel und ohne vorgefassten Plan ablief. Sie sah ihn beim Einfahren des Zuges lässig am Bahnsteig stehen. Wieder trug er seinen langen Parka, die braunen Haare wie üblich zum Pferdeschwanz zusammengebunden. Sie liebte seine äußere und innere Wildheit, die so im Widerspruch zu ihrem eigenen pflichtbewussten Wesen stand.
Ausgelassen stürmte sie nach der mehrstündigen Zugfahrt aus der Tür. Übermütig warf sie sich in Toms Arme. Endlich. Nun kannten sie sich bereits fünf Monate. Ganze fünf Monate der Geheimniskrämerei und der Sehnsucht.
„Ich habe dich so vermisst!", flüsterte sie ihm ins Ohr.
„Nicht so sehr, wie ich dich, Honey!", gab er ohne Umschweife zurück.
Eng umschlungen schlenderten die beiden zur nächsten Straßenbahnstation und fuhren zu seiner Studentenbude im hippen Stadtteil ‚Eimsbüttel'. Dort teilte sich Tom eine kleine Wohnung mit einem 22-jährigen Kommilitonen. Glücklicherweise hatte sich Jens in jüngster Vergangenheit mehr und mehr bei seiner Langzeitfreundin Neyla eingenistet. Wie er war sein Kumpel im sechsten Semester des Studiums für Humanmedizin.
Da Tom sein Abitur ohne allzu viel Büffeln und mit einem Notendurchschnitt von 1,1 absolviert hatte, war ein Medizinstudium einfach naheliegend gewesen. Ohnehin hatten ihn physiologische Vorgänge im menschlichen Organismus von jeher begeistert. Allerdings hatte er aus gutem Grund, wie er glaubte, noch gar nicht richtig mit dem ambitionierten Medi-

zinstudium angefangen. Aber das war eine andere Geschichte.

Es war bereits Abend und die golden-orange-schimmernde Hamburger Sommersonne gerade im Begriff, hinter den benachbarten Häuserblocks zu verschwinden. Sophia ahnte: Heute war ein besonderer, ein unvergesslicher Tag. Ihr Tag. Sie war bereit.
Eine kitschig romantische Kulisse für ihren ersten richtig vollzogenen Liebesakt. Es herrschte eine Atmosphäre von Sinnlichkeit pur. Sachte trug Tom sie über die Schwelle seines Zimmers und setzte sie behutsam auf dem riesigen Boxspringbett ab. Er roch an ihren Haaren und atmete gierig den Duft ihrer samtig-weichen Haut ein. Dann begann er, sie sanft, aber routiniert an den verschiedensten erogenen weiblichen Zonen zu streicheln. Zielstrebig und eindeutig nicht das erste Mal, schoss es Sophia durch den Kopf. Rasch verdrängte sie diesen Gedanken wieder. Soweit waren sie beide schon öfters gewesen. Sie wollte nicht weiter nachdenken. Die Luft war voller Erotik. Hingebungsvoll reckte sie sich ihm entgegen, vorausahnend, wie wundervoll es sich anfühlen würde, was nun kam. Und sie wurde nicht enttäuscht. Gefühlvoll arbeiteten sich seine Hände von oben nach unten vor. Glitten lustvoll über ihre Brüste und weiter hinab, bis Sophias schlanker Körper sich ihm erregt und willig nach oben entgegenwölbte. Ja, sie wollte es. Sie wollte ihn. Mit aller Kraft und Macht. Routiniert streifte er Jeans und Hemd von seinem muskulösen Körper, bevor die beiden in ihrer Ekstase schließlich alles um sich herum vergaßen. Sie liebten sich beinahe verzweifelt. Gerade so, als gäbe es kein Morgen.

Schon in aller Herrgottsfrühe erwachte Sophia nach dieser leidenschaftlichen Liebesnacht. Auf keinen Fall wollte sie zu

viel Zeit mit Schlafen vertrödeln und Toms Gegenwart nicht in den vollen Zügen auskosten. Sie drehte sich auf seine Seite. Gerade setzte sie an, nach ihm zu greifen und ihm ihre Liebesschwüre zuzuflüstern. Da begriff sie. Tom lag nicht neben ihr.
Dafür starrte sie auf einen kleinen weißen Zettel, den er auf seinem Kopfkissen platziert hatte. Er war anscheinend darauf aus, von ihr entdeckt zu werden.

„Warte nicht auf mich, Schatz. Es kann Abend werden. Mach dir einen feinen Tag und genieße unsere schöne Hansestadt bei Sonnenschein. Ich erkläre dir später alles - zähle jetzt schon die Stunden, bis wir uns wiedersehen, Tom. P.S.: Ich liebe dich!"

Sophia wusste nicht, was sie davon halten sollte. Wo war Tom? Was konnte sein plötzliches Verschwinden zu bedeuten haben? Jedenfalls war es nicht das, was sie erwartet, und erhofft hatte nach der vergangenen ekstatischen Nacht. Warum hatte er ihr tags zuvor nicht einfach gesagt, dass er noch was zu erledigen hatte? Zweifellos etwas Wichtiges. Etwas absolut Unaufschiebbares. Sonst hätte er doch niemals auch nur eine Minute ihrer kostbaren Zeit der Zweisamkeit dafür geopfert. Soviel war wohl klar. Sonnenklar.
Nach der ersten Enttäuschung streifte Sophia sich ein weißes T-Shirt über, das sie locker in den Bund ihrer eng anliegenden hellblauen Jeans-Short steckte. Dann schlüpfte sie in ihre bequemen weißen Sneakers, schlürfte in der kleinen Küche hastig einen doppelten Espresso und machte sich bei aufgehender Sonne auf den Weg. Viel zu vieles geisterte in ihrem Kopf herum, als dass sie noch eine Minute länger in der kleinen dunklen Studentenwohnung hätte bleiben können. Sie musste ihren Kopf freibekommen und nachdenken.
Der Eimsbütteler Park lag praktisch um die Ecke. Er kam ihr

abermals gerade recht. Aufgrund der frühen Uhrzeit lag die kleine idyllische Stadtoase verwaist vor ihr und zeigte ihre Schönheit in voller Pracht. Das Grün der Bäume und der saftigen Wiese lockten zum Verweilen in diesem Paradies. Sophia wählte eine Parkbank unter einer der mächtigen Trauerweiden mit Blick auf den Weiher, in dem sich gerade eine Entenfamilie tummelte. Danach ließ sie ihren Blick auf dem spiegelglatten Wasser des Teichs ruhen und begann zu überlegen.

Nach zwei Stunden an diesem paradiesischen Fleck wollte ihr noch immer keine schlüssige Erklärung für Toms Verhalten einfallen. Was war so wichtig, sie Knall auf Fall allein zu lassen? War einer aus seiner Familie oder aus seinem Freundeskreis etwa verunglückt? Urplötzlich krank geworden? Gesetzten Falles hätte ihr Freund im Laufe der vergangenen Stunden bestimmt eine Minute Zeit gefunden, ihr eine kurze Nachricht zukommen zu lassen. In Gedanken versunken machte sie sich schließlich auf den Heimweg.

Doch in Toms kleiner Wohnung fand sie keine Ruhe. Wieder und wieder wurde sie von den Untiefen ihrer Psyche und Ängste so gebeutelt, dass sie stundenlang nägelkauend ihre Kreise um den winzigen Esstisch in der Küche zog. Ihr Kopfkarussel drehte sich immer schneller im Kreis. Was, wenn es um Erpressung mit Lösegeldforderung oder um ein anderes schwerwiegendes Verbrechen ging? Was, wenn ihr Liebster an einem geheimen, finsteren Ort festgehalten wurde? Die Fantasie ging in den folgenden Stunden mehr und mehr mit Sophia durch und peinigte sie.

## Viertes Kapitel

Als gegen Abend endlich die Tür ins Schloss fiel, rannte sie aufgelöst zum Eingang. Aus der Emotion heraus begrüßte sie ihn mit einer schallenden Ohrfeige. Ein irritierter, aber auch verständnisvoller Blick traf sie. Ohne ein Wort zu sagen, streifte sich Tom seine Sneakers ab und setzte sich auf das blaue Wohnzimmersofa. So, als ob er auf ihre Strafpredigt gewartet hätte.

„Und?", fragte er sie.
„Und?", äffte sie ihn verärgert nach.
„Du bist es wohl, der mir eine Erklärung schuldet. Findest du nicht?" Wieder schwieg er einfach.
Nach einigen Sekunden, in der die Luft förmlich elektrisch aufgeladen schien, begann er:

„Weißt du, Sophia, es gibt eine Seite in meinem Leben, die du noch nicht kennst. Etwas, das ich dir nicht gleich zumuten wollte." Schuldbewusst suchte er nach einer Erklärung. Er war unfähig, ihr sein Geheimnis zu verraten. Trotzdem fuhr er fort.

„Du bist so behütet aufgewachsen. So organisiert und umsorgt. Du hättest es nicht verstanden. Du verstehst es wahrscheinlich auch jetzt nicht. Davor habe ich solche Angst."

Er und Angst? Ein Widerspruch in sich.
Aha, und jetzt auf einmal nicht mehr? Die Furcht wie weggeblasen plötzlich, oder was, wollte sie ihn schon anschreien. Stattdessen hörte sie sich sarkastisch mutmaßen:
„Arbeitest du etwa nebenher als Callboy, um dir dein Studium zu finanzieren? Was willst du mir eigentlich sagen? Ich habe gedacht, wir könnten einander vertrauen. Und unsere Beziehung basiert auf Ehrlichkeit. Da habe ich mich wohl gründlich getäuscht!"

„Sophia, Liebes, so einfach ist das Ganze nicht. Mir wäre es lieber, du hättest von Anfang an Bescheid gewusst. Du hättest es akzeptiert, und ich müsste dich jetzt nicht beunruhigen. Doch dann hätte unsere Liebe wohl erst keine Chance gehabt", fuhr er zu ihrem Erstaunen fort.

„Wieso? Hast du Kinder, hast du bereits eine Ehefrau, eine eigene Familie? Oder bist du etwa unheilbar krank? Schwul oder bisexuell?" Ihre Stimme überschlug sich fast vor Panik. Sie wollte dem ominösen Geheimnis endlich auf den Grund gehen. Sophia war völlig ratlos.

„Nein, nein, das ist es alles nicht."

Erleichtert atmete sie auf. Dann konnte dieses mysteriöse Etwas ja gar nicht so schlimm sein. Keine Krankheit, kein Fremdgehen. Folglich nichts dramatisch Lebensveränderndes. Weshalb dann dieses ganze Affentheater?

Fordernd und neugierig zum Zerspringen sah sie ihn an.

„Sophia, hör mir zu." Tom rang sichtlich nach den richtigen Worten.

„Ich bin Extremsportler. Basejumper, um genau zu sein. Vorwiegend Wingsuiter. Aus Leidenschaft. Und ich finanziere mir durch meine Sponsoren mein Medizinstudium. Weißt du, ich komme gerade von einem Wingsuit-Stunt am Flugplatz in Hartenholm - für den nächsten Steve Harrison-Action-Film."

In Sophias Kopf arbeitete es fieberhaft, gerade so wie in einem Bienenschwarm. Basejumper, Wingsuiter... Was hatte das alles zu bedeuten?

Dann fiel es ihr wie Schuppen von den Augen. Der Titel der Dokumentation, die sie vor etwas mehr als zwei Jahren im Fernsehen eher beiläufig im Halbschlaf angeschaut hatte, war gewesen: „Wingsuiter, waghalsiger Adrenalinkick mit Lebensgefahr". Oder so ähnlich. Unvergessen war die in der Sendung präsentierte Liste der annähernd 400 tödlich verunglückten Extremsportler der vergangenen 20 Jahre. Das bei weltweit maximal 2000 Menschen, die bisher jemals mit einem Wingsuit geflogen waren. „Alles Lebensmüde", war das vernichtende Urteil ihres kurz zur Tür hereinschauenden, kopfschüttelnden Vaters gewesen. Und genau das hatte damals auch ihr eigenes Denken widergespiegelt. Verwundert musterte sie Tom.

„Aber du musst das doch nicht machen. Du kannst jederzeit damit aufhören, wenn du willst. Jetzt hast du ja mich." Stille von der anderen Seite.

„Du darfst dich diesem Risiko nicht länger aussetzen, Tom. Und was dein Studium betrifft: Meine Eltern sind sehr wohlhabend, wie du weißt. Mein Vater wird dir finanziell in Zukunft zur Seite stehen, Schatz", versicherte sie ihm lebhaft.

Tom schüttelte traurig den Kopf.

„Es geht überhaupt nicht darum, Sophia. Du verstehst das nicht. Du verstehst gar nichts."

„Wer versteht hier was nicht? Es ist doch ganz einfach. Babyleicht", flehte sie ihn nun beinahe trotzig an.

„Oder liebst du „es" etwa mehr als mich?" Er senkte hilflos den Kopf. Sophia interpretierte seine Reaktion auf ihre Weise.

„Nein? Also! Es ist babyleicht!"

Tom setzte an, es ihr nochmals zu erklären. Er hatte gewusst, es würde schwierig werden. Um nicht zu sagen, ein Ding der Unmöglichkeit. Aber so aussichtslos.
Trotzdem hielt er seinen finalen Monolog. Wie er es sich im Vorfeld vorgenommen hatte.

„Nichts ist babyleicht. Ich bin Basejumper und Wingsuiter, Sophia. Und das aus voller Überzeugung und mit allem, was dazu gehört. Mit allem Risiko, das damit ver-

bunden und mir absolut bewusst ist. Ich liebe dich, Sophia. Aufrichtig und ehrlich. Aber verstehst du denn nicht! Basejumpen ist kein simples Hobby für mich. Es ist viel mehr."
Ihr Blick war inzwischen fast feindselig. Doch er ließ sich nicht beirren.
„Ich versuche, es dir anders zu erklären. Basejumpen ist meine Lebensart, mein Lebensinhalt. Es ist eine Sucht. Eine Art Rausch, wenn du so willst. Ich brauche diesen besonderen Kick, wie die Luft zum Atmen. Diese Empfindung, minutenlang im freien Fall zu sein, Sophia, ich kann es dir einfach nicht besser verständlich machen." Er nahm all seinen Mut zusammen und setzte nach einer Sekunde abermals fort.

„Fakt ist: Ich kann nicht mehr ohne dieses Wahnsinnsgefühl leben. Meine Extremsport-Freunde sind sowas wie meine kleine Familie. Und Felix ist für mich wie ein Bruder. Das hast du bereits bemerkt. Sie alle teilen dieses unbeschreibliche Lebensgefühl mit mir, das sich ein normaler Mensch nicht einmal in Ansätzen vorstellen kann. Dieses Gefühl, wenn der Adrenalinpegel steigt und steigt."
Noch ungläubiger als vorher lauschte Sophia seinen Worten. Tom nahm ihr Nicht-Verstehen wahr, gab aber nicht auf. Noch nicht.

„Durch das Basejumpen spüre ich mich selbst erst richtig. Ich merke, dass ich lebendig bin, verstehst du. Es ist ein Gefühl der grenzenlosen Freiheit. Deshalb ist es unmöglich für mich, damit aufzuhören. Selbst wenn ich es wollte. Weißt du, ich stecke schon viel zu tief drin."
So, jetzt war sie endlich raus. Die Wahrheit. Die gesamte, grausame Wahrheit. Tom fühlte sich nach dieser Beichte schuldig, aber auch unglaublich erleichtert. Er erwartete eine heftige Reaktion.
Gespannt schaute er in Sophias Gesicht. Es zeigte sekundenlang keine Regung. Dann setzte sie zu einer Antwort an,

schaffte es aber trotz Anstrengung nicht. Ihre Unterlippe bebte vor Fassungslosigkeit.

Wortlos stand sie auf, packte ihre Jeansjacke, schlug die Tür hinter sich zu und rannte ins Freie. Der Weg in den Park kam ihr diesmal länger vor als am Morgen. Länger und düsterer. Vielleicht hing es auch mit dem Tränenschleier zusammen, der ihr die klare Sicht versperrte.

Ihr Gehirn arbeitete die nächsten Minuten auf Hochtouren, als sie wieder auf derselben Parkbank landete. Aha, deswegen war er also damals bei Felix in München gewesen. Die Nähe der bayerischen Bergwelt und damit ebenso der österreichischen und schweizerischen hatte ihn in den Süden geführt. Zum Basejumpen. Der Art von ‚Sport' extrem, mit dem Sophia so gar nichts anfangen konnte. Dessen Einhergehen mit dem Riskieren des eigenen Todes für einen kurzen Adrenalinstoß sie nicht im Mindesten nachvollziehen konnte. Geschweige denn verstehen.

Allerdings hatten sie sich dadurch kennengelernt. Zur Ausübung seines Hobbies war er nach Bayern gekommen. Und vielleicht waren es ja gerade Toms Furchtlosigkeit und sein Mut zum Risiko, die sie so anzogen wie das Licht die Motten. Alle diese Kontraste zu ihrem eigenen Wesen hatten sie vom ersten Moment an in ihren Bann gezogen. Es war so vollkommen anders als alles, was sie in ihrem bisherigen Leben kennengelernt hatte. Er war so vollkommen anders. War nicht genau das der Grund, weshalb sie diesem Mann so verfallen war? Immer schon hatten sie Gegensätze insgeheim angezogen. Das musste sie sich eingestehen. Sie hasste nichts mehr als Eintönigkeit und Langeweile. Sie in einer Beziehung mit einem der ihr bekannten Musiker? Mit jemandem der ihre eigenen Interessen teilte? Undenkbar. Ein absolutes No-go, weil unendlich langweilig.

Mit einem inneren Lächeln erinnerte sie sich an den braungebrannten, frechen Knirps im Kindergarten, der alle Mädchen auf dem Nachhauseweg abgefangen hatte, um an ihnen die Wirkung von Brennnesseln auf nackter Haut zu testen. Ihre Bewunderung für diese unrühmliche Tat und das dunkel gelockte männliche Teufelchen hatte so lange angehalten, bis sie selbst zum Opfer wurde.

Warum war alles so kompliziert? Sie und Tom lebten unbestritten im Augenblick. Das aber umso intensiver und freier. Bisher hatte sie mit ihm noch nie über Pläne gebrütet, die weiter als eine Woche hinausgingen.
"Go live – no matter what" war Toms Motto. Das entsprach in etwa „Lebe und feiere den Moment". Und genau das taten sie.
Zum ersten Mal realisierte Sophia schmerzlich: Das Leben war kein Wunschkonzert. Es war ein freier Fall. Und Mut zum Risiko gehörte wohl dazu. Diese Erkenntnis im Gepäck trieb es sie nach vielen Minuten des Nachdenkens schließlich zurück in ihre kleine ‚Höhle'. Zurück zu Tom.

Ihm war klar, dass er seit seiner Begegnung mit Sophia nicht mehr nur für sich allein Verantwortung trug. So wie bisher. Sondern auch für „seine Frau", wie er sie gerne bezeichnete. Darüber dachte er während ihrer Abwesenheit nach. Er liebte Sophia von ganzem Herzen, tief und innig. Trotzdem würde er seine größte Leidenschaft nicht verraten und niemals darauf verzichten.

Ursprünglich stammte Tom aus einem kleinen Kaff nahe Frankfurt, das er für seinen knapp ergatterten Medizinstudiumsplatz in Hamburg nur zu gerne verließ. Mit seinen gut betuchten Eltern hatte er genau zu der Zeit vollständig ge-

brochen. Ihre endlosen Vorwürfe wegen seiner lebensgefährlichen Freizeitbeschäftigung hatten ihm schließlich keine andere Wahl gelassen.
Bereits einige Jahre zuvor hatte das Schicksal während eines Trips als Backpacker durch Australien seinen Lauf genommen. In einem der Youth Hostels hatte Tom zufällig Felix und einige andere Jungs aus dem deutschen Süden kennengelernt. Die hatten ihn in das Fallschirmspringen und fatalerweise auch in die Kunst des Basejumpens eingeweiht. Damit war sein Schicksal besiegelt. Schon nach wenigen Sprüngen war er süchtig. Ein Adrenalinjunkie, wie seine neuen Kumpels.

Vorsichtig weckte Sophia ihn auf seinem Sofa. Trotz Aufgewühltsein und trotz seiner Gewissensbisse war Tom in der Zwischenzeit vor Erschöpfung auf dem Sofa eingeschlafen. Erstaunt sah er auf. Er nahm sie fest in seine Arme.
Dann liebten sie sich mit aller Macht und Verzweiflung. Sophia spürte es: Sie beide waren eins und würden es auch zeitlebens bleiben. Daran konnte nichts und niemand etwas ändern.

Spontan wusste sie, was zu tun war. Ihr Entschluss stand fest. Felsenfest.

# Fünftes Kapitel

Vor sechs Monaten war Sophia zu Tom nach Hamburg gezogen. Trotz ihres schlechten Gewissens den Eltern gegenüber und trotz aller Vorwürfe und Warnungen von deren Seite. Mit allen Konsequenzen.
In seinem unermesslichen Gekränktsein hatte ihr der wohlhabende Vater sofort jegliche weitere finanzielle Unterstützung verwehrt. Allerdings hatte sie ihn auch nie dezidiert um Hilfe in diese Richtung gebeten. Alfred drehte seiner eigensinnigen Tochter den Geldhahn zu, indem er ihr zunächst nichts mehr auf ihr Konto überwies. Schließlich ließ er es komplett sperren. Zu groß war die Enttäuschung über sein einziges Kind. Es hatte Sophia in seinen Augen nicht einmal genügt, den bis dato gemeinsamen Lebenstraum vom Musiker- und Künstlerdasein zu verraten und aufzugeben. Zu allem Überfluss waren sie als Eltern auch noch über Wochen, ja über Monate aufs Übelste belogen worden. Die Ursache für die ganze Misere war nicht etwa Sophias unreifes Alter oder ihre Sehnsucht nach Unterhaltung gewesen, wie vorgegaukelt. Sondern vielmehr ein junger Mann, der der naiven Tochter den Kopf verdreht hatte. Ein überaus banaler Grund. Einfach unfassbar.

Die Geige war auch in Sophias neuer Heimat Hamburg kein Thema. Sie wusste zwar, dass das Violinspiel immer einen Platz in ihrem Herzen haben würde. Aber das Leben hatte endgültig eine andere Wendung genommen. Auf Umwegen. Für ein stundenlanges Üben auf der Violine war an der Seite ihres Freundes mit seinem unsteten Lebenswandel, den flexiblen Terminen als Student, Stuntman und Basejumper, sowieso nicht zu denken. Und sie wollte an diesem spannenden

Leben unbedingt teilhaben. Vor allem hatte sie ihren Tom. Und nur das zählte.

Jeden Abend arbeitete Sophia als Kellnerin in einer der angesagten Rooftop-Bars in Hamburg. Nach einem Stunt-Basejump für einen neuen deutschen Actionstreifen hatten sie nach Dreh dort gemeinsam mit Filmleuten abgefeiert. Dabei war ihr der Job buchstäblich auf dem Servierteller präsentiert worden. Ganz das Kind ihrer Mutter, hatte sie begeistert angenommen. Zumal das für Tom und sie eine zusätzliche, verlässliche und überaus lukrative Einnahmequelle bedeutete. Und die brauchten sie dringend. Denn obwohl Toms Gelegenheitsjobs als Stuntman in der Filmbranche die Finanzen aufbesserten, waren sie natürlich sehr unregelmäßig. Sophias langfristiger Plan war insgeheim, nach zwei, drei Arbeitsjahren ein Architekturstudium aufzunehmen. Dem Zeichnen, Designen und Planen hatte von jeher ein gewisses Interesse gehört.

Sophia und Tom lebten ein schnelles und abwechslungsreiches Leben. Das junge Paar bewegte sich in der angesagten jungen Sport- und Künstler-Gemeinde der hanseatischen Großstadt. Und damit auch mitten in der Hamburger queer-Szene. Es war für Sophia ein unglaublich lockeres und leichtes Leben an der Seite des jungen Mannes. Ja, es war exakt so, wie es Toms Charakter entsprach: humorvoll, authentisch, easy-going und extrovertiert.
Wieder verspürte Sophia, was es bedeutete, sich komplett frei zu fühlen. Von einem Tag zum nächsten zu leben und sich auf all die interessanten Begegnungen und aufregenden Aktivitäten einzulassen. Sich darüber zu freuen.
In Gesellschaft stellte Tom sie stolz und mit einem Augenzwinkern so vor: „Das ist Sophia, eine Künstlerin, eine Musikerin aus dem Süden. Und meine Frau." Beschützend legte

er dann den Arm um sie, während sie sich komplett fallen ließ. Jedes einzelne Mal fühlte sie dabei ein angenehmes Kribbeln im Bauch. Sie war richtiggehend verschossen in diesen Typen. Es fühlte sich alles goldrichtig an.

Auf diese Weise lernte Sophia etliche originelle Menschen aus Sport, Film und Kunst mit den unglaublichsten Berufen und Leidenschaften kennen. Daneben blieb genügend Zeit für Besuche von Kabaretts, Rockkonzerten und Pop-Art-Ausstellungen, für die sowohl Tom als auch Sophia ein Faible hatten. Es war ein Leben wie im Traum. Sie fühlte sich ausgefüllt und glücklich. Und genau auf dieses Gefühl wollte sie nie mehr verzichten müssen.
Ab und zu erhielten die beiden Besuch von Sophias bester Freundin Alex oder von einem der anderen Mädchen aus ihrer Zeit in München. Die genossen die hippen Wochenenden in Hamburg in vollen Zügen.
Mit den Eltern, beziehungsweise mit ihrer Mutter stand Sophia in gelegentlichem, belanglosem WhatsApp Kontakt. Zu sehr hatte die junge Frau ihre Eltern vor den Kopf gestoßen. Zu sehr mit ihrem alternativlosen Entschluss gekränkt.

Das Leben des jungen Paares bestand neben dem Jobben und Studieren in dieser Zeit also hauptsächlich aus Partymachen mit Mitstudierenden einerseits und Barbesuchen mit diversen Filmleuten an den Wochenenden andererseits, sofern Tom mit seinen Sportsfreunden nicht gerade für einen seiner Basejumps im benachbarten Ausland weilte. Meistens wollte Sophia darüber keine Details wissen. Deshalb fragte sie erst gar nicht danach. Die wenigen Diskussionen der jungen Liebenden über das ‚Hobby non grata' waren jeweils ergebnislos im Sand verlaufen. Tom konnte weder geläutert noch gerettet werden.

## Sechstes Kapitel

Während der kommenden zwei Jahre versuchte Sophia ein einziges Mal in die fantastische Welt ihres Freundes einzutauchen. Sie waren ein knappes Jahr zusammen, als sie sich dazu entschloss. Es kostete sie allerdings große Überwindung.

Die beiden flogen gemeinsam nach München, wo Felix sie vom Flughafen abgeholte. Per Mietauto machten sie sich auf den Weg in Richtung Interlaken und ins Lauterbrunnental. Auf der Fahrt vermieden es die beiden Extremsportler bewusst, über Benny zu sprechen. Sophia hatte das Gefühl, ihretwegen. Benny war jener Kollege, der ein paar Wochen zuvor beim Basejumpen im Nachbarort des von ihnen angesteuerten Schweizer Dorfes tödlich verunglückt war.
Nach dem Einchecken in einer einfachen Pension in Lauterbrunnen im schweizerischen Berner Oberland am frühen Morgen, packten die beiden Basejumper sofort ihre Ausrüstung. Sie wollten keine Zeit verlieren. Sophia fiel auf, dass sich sowohl Tom als auch Felix bereits in einer Art Tunnel befanden. Sie sah Toms irren, fokussierten Blick. Er gefiel ihr nicht. Ganz und gar nicht. Seine Pupillen standen weit offen und starr, wie bei einem Drogen-Junkie. Zweifellos war er besessen. Und gegen diese Besessenheit half kein Mittel. Auch nicht Sophias grenzenlose Liebe.
Diese Erkenntnis erfüllte Sophia mit einer unfassbaren Furcht. Ihr Freund war ihr seit ihrem Kennenlernen noch nie so weit entrückt gewesen wie jetzt. Tom war irgendwo im Nirgendwo. Wie ein völlig Fremder. Am liebsten hätte sie ihn einfach am Arm gepackt und so lange geschüttelt, bis er wieder zu sich käme. Doch sie war machtlos. Sophia irrte sich nicht in ihrer Wahrnehmung. Es war eindeutig zu spät,

einzugreifen. Die beiden Männer waren bereits in einer anderen Dimension. Nichts und niemand konnte die beiden noch stören oder gar von ihrem Vorhaben abbringen. Sie befanden sich in ihrem eigenen Kosmos. Waren längst in eine andere Realität abgedriftet. So lange, bis die Mission erfüllt wäre.
Jeder ihrer Handgriffe glich einer komplizierten, aber eingespielten Routine. Es bedurfte in dieser Situation keiner Worte. Wozu auch, das gemeinsame Ziel der beiden Männer war klar definiert. Es zu erreichen, beziehungsweise, es umzusetzen, rang ihnen trotzdem volle Konzentration ab. Sophia fühlte sich wie ein Fremdkörper. Mehr noch: wie ein absoluter Störfaktor.
Alle drei machten sich schließlich eilig auf.

Sophia staunte nicht schlecht ob der steil abfallenden Felsen an diesem magischen Ort direkt gegenüber der Berggipfel Eiger, Mönch und Jungfrau. Er wurde von den Einheimischen auch Tal des Todes genannt. Bereits von unten zeigte sich eine atemberaubende Kulisse. Auch Sophia war fasziniert, ja, verzaubert von diesem heroischen Anblick. Sie versuchte, Toms Sucht wenigstens ein kleines bisschen nachvollziehen zu können. Es gelang ihr mitnichten. Wie schön wäre es, jetzt einfach vor der Pension in einem der roten Liegestühle zu liegen, sich in der wärmenden Frühlingssonne zu suhlen und später eventuell gemütlich durch das romantische kleine Schweizer Bergdorf zu schlendern. Und keinerlei Angst um ihren Herzensmenschen haben zu müssen.
Schnell schob sie diesen Gedanken von sich. Sie waren schließlich nicht hierhergekommen, um zu genießen. Besser gesagt, sie selbst war nicht hier, um zu genießen. Die Männer vermutlich schon, auf ihre sehr spezielle Art.

Sophia fühlte hier unten bereits eine Unruhe und Nervosität in sich, die sich von Minute zu Minute steigerte. Aufgrund ihrer Solistentätigkeit müsste sie an Aufregung und Lampenfieber ja gewohnt sein. Und doch war es diesmal völlig anders. Schlimmer und intensiver. Kaum auszuhalten.

Zwei Wochen vor dem Ausflug in die Schweizer Berge waren vier Extremsportlerkollegen zu ihnen nach Hamburg zu Besuch gekommen. Am ersten Abend hatten sie sich in gemütlicher Runde sehr selbstverständlich über den Tod eines ihrer gemeinsamen Freunde unterhalten. Natürlich waren sie traurig und irgendwie geschockt gewesen. Was die jungen Männer aber nicht davon abgehalten hatte, am Tag nach dem tödlichen Unglück genau am Unfallort des Adrenalinkicks wegen noch ein paar Sprünge in den Abgrund zu absolvieren. Schließlich hätte Andi es so gewollt. Und es bestimmt auch so gehandhabt. Alle anwesenden Personen hatten das als Selbstverständlichkeit angesehen. Alle, außer Sophia. Für sie war diese Tatsache schlicht und ergreifend erschreckend gewesen. Das gab sie den anderen jedoch nicht direkt zu verstehen. Der Tod schien in dieser alternativen Szene einfach etwas Allgegenwärtiges zu sein. Etwas zum Hobby unumstößlich Dazugehörendes. Aufgrund einer Sterblichkeitsrate von 1:60 beinahe einkalkuliert. Oder zumindest akzeptiert. Tom gehörte zu jenen Basejumpern, die felsenfest davon überzeugt waren, das Risiko in jeder Situation einschätzen und so minimieren zu können. Außerdem glaubte er an seine eigene Unsterblichkeit. So wie es die meisten seiner Kollegen taten.

„Noch ein paar Base Jumps absolvieren". Wie konnten sie nur.

Mit der Luftseilbahn fuhr die Dreiertruppe nun hinauf nach Mürren. Bereits bei der Talstation hatte davor jeder der beiden Männer mit äußerster Genauigkeit seinen Fallschirmrucksack gepackt. Sophia wartete geduldig, denn ihr war die Wichtigkeit dieses Akts bekannt. Reserveschirm? Fehlanzeige. Es ging hier um Leben und Tod. Gnadenlos und unbarmherzig.
Aus Rücksicht auf Sophia hatten Felix und Tom vereinbart, dieses Mal keinen spektakulären und noch gefährlicheren Wingsuit-Jump zu machen. Die Königsklasse, bei der sich der Basejumper in seinem batmanartigen Anzug den Felsen hinunterstürzte. Heute begnügten sich die beiden mit einem gewöhnlichen Basejump von einer der vielen hölzernen Absprungrampen auf dem Klettersteigweg.
An der Bergstation war für Sophia allerdings Schluss. Schon der Aufstieg zum angepeilten Exit war gefährlich und sollte vorschriftsmäßig mit einer Kletterausrüstung zurückgelegt werden. Keiner der Basejumper, denen sie hier oben begegneten, ließ sich davon beeindrucken. Im Equipment hätte auch kein Kletterzeug Platz gehabt.

„Hi, how are you, Ted", hörte Sophia Tom einen ebenfalls mit Fallschirm bepackten Mann mittleren Alters fragen. Der nickte ihm kurz zur Begrüßung zu. Es waren noch zwei andere Kumpels bei dem jungen Amerikaner, die ihm ebenfalls knapp zunickten. Sie kannten sich alle. Die Szene ist klein und familiär. Dann wandte sich Tom ein letztes Mal an seine Freundin. Unvermittelt hängte er ihr ein schwarzes Lederband mit einem Amulett, bestehend aus einem kleinen Haifischzahn, um den Hals.

„Mein Glücksbringer. Von einem Aborigine in Australien. Bleib einfach hier an diesem Platz, Schatz. In etwa einer halben Stunde sind wir bei der Rampe und bereit, abzuspringen." Tom zeigte nach oben und scherzte:

„Ich habe heute extra meinen neongelben Helm, den neongelben Schutzanzug und meinen neongelben Fallschirm dabei. Damit du mich auch siehst, Honey. Genau oberhalb des kleinen Felsvorsprungs befindet sich unser Absprungpunkt".
Sophia wusste gerade nicht, was sie ihm noch sagen sollte. Es gäbe so vieles. Aber sie wollte kein Theater machen. Schließlich galt sie in der Base Jumper Community inzwischen als die furchtlose, toughe Freundin des großartigen Tom. Sie nickte also knapp. Er gab ihr ein schnelles Küsschen.
1000 Gedanken schwirrten unkoordiniert durch Sophias wirren Kopf. Was, wenn das ihr endgültiger Abschied war? Wenn sie Tom nie wieder sah? In Schockstarre blickte sie den Männern hinterher.

„Jetzt versteh" ich dich, Tom. Das Mädchen ist echt klasse. Was ganz Besonderes. Auch wenn ich nach wie vor der Meinung bin, dass Männer wie wir auf feste Freundinnen und auf Familie verzichten sollten. Und du dich, nebenbei bemerkt, nicht an diese unsere Vereinbarung gehalten hast, mein Lieber", keuchte Felix während der anstrengenden Kletterpartie vorwurfsvoll. Dann herrschte bis zum Exit-Point Funkstille zwischen den beiden.
Oben angekommen erledigte jeder automatisch ein paar weitere Handgriffe. Die allerletzte Kontrolle des Materials. Tom konzentrierte sich gleichzeitig auf Körper und Geist. Er besaß jene ungeheure mentale Stärke, die ihm die Ausführung dieses Sports erlaubte. Wieder einmal drang er in eine andere Bewusstseinssphäre vor. Sein Blut geriet in Wallung und an seiner Schläfe begann es, heftig zu pochen. Er war komplett im Rausch.

Dann erfolgte der Countdown. Die Freunde zählten gemeinsam herunter: 5, 4, 3, 2, 1 – Jump. Felix sprang als erster. Sophia wurde durch den lauten Juchzer beim Absprung auf den Basejumper aufmerksam. Allerdings hatte sie bereits mehr als 25 Minuten nichts anderes getan als den Berg hinaufzustarren. Fest entschlossen, ihre Helden keinesfalls zu verpassen. Sekunden später sah sie eine zweite Person in neongelber Sportbekleidung hinterherspringen. Dabei schoss ihr ein schrecklicher Gedanke durch den Kopf: Selbstmord. Es schaute eindeutig aus wie Selbstmord. Ja, genau. Freiwilliger, zumindest aber in Kauf genommener Tod. Ein Schauder lief Sophia den Rücken hinunter. Ihr Gesicht färbte sich rot vor unkontrollierbarem Zorn, der in ihr aufstieg. Wie konnte Tom ihr diesen schrecklichen Anblick nur antun. Sie fühlte sich von ihm verraten.
Erst nach ein paar Minuten hatte Sophia sich vom ersten Schock erholt und ihre Emotionen wieder im Griff.

Bereits vor ihrem Eintreffen beim vereinbarten Landeplatz hatte sie sich vorgenommen, Tom nicht gleich mit Vorwürfen zu konfrontieren. Doch nie, nie wieder würde sie sich diesen beängstigenden Anblick antun. So viel war sicher.

Am Abend saßen die drei mit einigen anderen Basejumpern aus aller Welt zusammen an den kleinen Tischen des einheimischen Pubs. Es war der lokale Treffpunkt der Szene. Hier kannte annähernd jeder jeden. Es wurden Insider-Tipps gegeben und Erfahrungen ausgetauscht.

„Hast du denn gar keine Angst zu sterben?", wollte Sophia von Felix wissen, als ihr Freund an der Bar Getränke bestellte. Felix überlegte kurz. Dann antwortete er ihr wahrheitsgemäß:

„Naja, ich habe Respekt vor dem Leben und auch vor der Gefahr. Aber keine Angst. Und das ist auch gut so."
„Sonst bist du schneller tot, als du schauen kannst.", wollte er noch hinzufügen. Aber er unterließ es.

# Siebtes Kapitel

Wieder zuhause ging einige Monate lang alles seinen gewohnten Gang. Sophias Leben verlief abwechslungsreich, romantisch und abenteuerlich – alles gleichzeitig. Nur gelegentlich wurde sie unsanft von ihrem Erlebnis in der Schweiz eingeholt. In jenen Ausnahmefällen kroch Sophia die nackte Angst um ihren Partner in den Körper. Allerdings verscheuchte sie die albtraumhaften Hirngespinste mit positiven Gedanken an ihre großartige Zukunft mit Tom.

An einem wunderbaren Sommerabend im August hatte das junge Paar einen Rucksack mit einer Picknickdecke, zwei Sektgläsern und ein paar Häppchen gepackt. Sie machten sich damit wie so oft auf in den angrenzenden Park, wo sie sich ins warme Gras legten. Die Sonne stand bereits tief. Wie ein oranger Feuerball war sie am Himmel sichtbar. Eine filmreife Kulisse. Sophia sah Tom verliebt in die Augen. Er erwiderte ihren Blick. Dann musterte er sie eingehend und liebevoll. Ihr war eine kleine Haarsträhne mitten ins Gesicht gefallen, genau an die Stelle ihres Wangengrübchens, das er an ihr so liebte. Sie lächelte glücklich und ihre Augen blitzten übermütig.
Sophia kam es in jenem Augenblick vor, als wäre ihr Freund etwas melancholischer und ernsthafter als sonst. Doch vielleicht täuschte sie sich auch. Um dem seltsamen Moment die Schwermütigkeit zu nehmen, neckte sie ihn übermütig.

„Mann, jetzt habe ich doch glatt deine Bierflasche zuhause vergessen. Sie steht noch auf der Abwasch..."

„Du hast was? Mein Bier stehen lassen? Das Wichtigste überhaupt? Das geht wohl gar nicht. Na warte, das wirst du mir büßen. Ich versohl dir gleich deinen süßen Hintern."

Damit ging er theatralisch auf sie los. Spielerisch rollte er mit ihr auf der Decke herum. Tom versuchte, Sophia am Unterbauch, ihrer erogenen, empfindlichsten Stelle, zu kitzeln. Nach einem langen Hin- und Her-Gerolle und einem Lachanfall war ihr ungleicher Kampf schließlich beendet.

„Du Schuft!". Tom versperrte ihr mit einem leidenschaftlichen Kuss und geheimen Liebesschwüren den Mund. Sie liebten und lebten. Sie waren glücklich.

Es war Spätsommer und die Abende etwas kühler geworden. Wie oft am Wochenende war Tom mit Felix in der Schweiz unterwegs zum Wingsuiten. An jenem verhängnisvollen Tag unternahm Sophia noch einen kurzen Abendspaziergang, bevor sie sich in ihre kleine Höhle zurückbegab. Rechtzeitig wollte sie ein romantisches Abendessen mit Kerzenschein für Tom zaubern. Als sie mit den Vorbereitungen fast fertig war und sich gerade im Schlafzimmer mit feuchten Haaren in ihr kleines Schwarzes zwängte, schellte es an der Haustür. Tom? Jetzt schon? Bald darauf klingelte es abermals. Danach nochmals. Es klang ungeduldig. Richtiggehend angsteinflößend. Im figurbetonten schwarzen Minikleid, den Reißverschluss hinten erst zur Hälfte zugezogen, öffnete sie nach ein paar weiteren Sekunden die Tür.

„Hey Tom, ich komm ja schon."

Doch draußen stand Felix. Er musste nichts sagen. Sie wusste sofort Bescheid. Felix schaute ihr mit ausdruckslosem Gesicht und starrem Blick in die Augen. Darin las sie blankes Entsetzen. Und pure Verzweiflung. Alles, was sie nach einer stillen Schrecksekunde herausbrachte, war:

„Nein, Felix. Nein! Bitte sag, dass es nicht wahr ist. Bitte!!!"

Er schob sie geistesgegenwärtig nach drinnen und zog die Tür vorsichtig hinter sich zu. Gegenüber zeigte sich bereits das neugierige Gesicht der betagten Nachbarin.

„Nein, Felix, nein, nein!", schrie sie laut durch die ganze Wohnung. Es gab jetzt kein Halten mehr. Wie ein Mantra wiederholte sie laut schluchzend:

„Nein, Felix, nein!!"

„Sophia, beruhige dich. Bitte! Du musst jetzt stark sein. Tom hätte es so gewollt. Hör mir zu." Der Klang seiner Stimme glich inzwischen eher einem heiseren Gekrächze.

„Ich möchte, dass du eines weißt: Tom hat nicht gelitten. Keine Sekunde. Hörst du! Er hat die letzte Nase des Felsens nicht geschafft. Hat sich vermutlich verkalkuliert. Er ist hart aufgeprallt und war auf der Stelle tot."

Verkalkuliert also. Das Leben leichtfertig verkalkuliert. Ihr Leben. Ihr gemeinsames Leben. Einfach so verspielt.

Was tatsächlich geschehen war bei dieser Erstbespringung eines Gipfels in den Schweizer Alpen, musste Sophia nicht wissen. Es hätte nichts an der Tatsache geändert, dass Tom gestorben war. Tot. Einfach so. Er hatte sie verlassen. Für immer.

Die Wahrheit war eine andere. Als sie ihn endlich gefunden hatten, lebte er noch ein paar Minuten lang. Hilflos hatte Felix den stark blutenden und halb zertrümmerten Kopf seines besten Freundes in den Händen gehalten. Es war klar gewesen, dass Tom sterben würde. Und zwar hier und jetzt.

Felix hatte sich sachte über sein Gesicht gebeugt:

„Hey, Kumpel!", hatte er unter Tränen versucht, Zuversicht auszustrahlen. Doch Felix hatte sofort realisiert, dass er seinem Freund nichts vormachen konnte. Er wusste es in jenem Moment, ebenso wie er selbst es wusste.

Tom hatte seinem Freund noch kurz in die Augen geschaut. Diesem war, als hätte er etwas gestammelt, das wie Sophia klang.

## Achtes Kapitel

Sie wollte seine Leiche nicht sehen. Sich nicht ein allerletztes Mal verabschieden. Sondern Tom so in ihrem Herzen bewahren, wie sie ihn lebendig erlebt hatte. Tief in ihrem Inneren hatte sie es die ganze Zeit gewusst. Vielleicht war es der sogenannte sechste Sinn gewesen, den sie schon öfters gespürt, aber hartnäckig verdrängt hatte. Instinktiv war ihr schon all die Monate davor klar gewesen, dass die gemeinsame Zeit mit Tom nur geliehen war. Dass ihr Glück von kurzer Dauer sein würde. Dementsprechend hatten sie bei genauer Betrachtung auch all die Wochen gelebt: in rasend schnellem Tempo. Immer auf der Überholspur.
Das also war der wahre Grund dafür gewesen. Das Leben kannte kein Pardon. Es war ein böser Traum.

Das Schicksal zwang Sophia daraufhin abermals in eine komplett neue Richtung. Nichts war für sie mehr wie vorher. Nie mehr gut. Ihr Herz war zerbrochen. Ein Teil davon fehlte von nun an. Für immer und ewig.

Ihr Lieblingsgedicht aus dem Film "Four weddings and a funeral" hatte sich ihr schon damals, als sie sich den rührenden Streifen vor Jahren zum allerersten Mal mit Alex angeschaut hatte, unauslöschlich in Herz und Hirn gebrannt. Die letzten beiden Strophen davon spielten jetzt unbarmherzig Kopfkarussell mit ihr. Tagelang.

**Funeral Blues**

...

He was my North, my South, my East and West,
My working week and my Sunday rest,
My noon, my midnight, my talk, my song.
I thought that love would last forever. I was wrong.

The stars are not wanted now; put out everyone,
Pack up the moon and dismantle the sun,
Pour away the ocean and sweep up the woods;
For nothing now can ever come to any good.

W.H. Auden (aus: Four weddings and a funeral)


Sophia ging wie traumwandlerisch durch die Tage. Alles erschien ihr in dieser ersten Zeit völlig surreal und sinnlos. Es gab lange Phasen, da zog sich eine unsichtbare Schnur enger und enger um Brust und Hals. Sie nahm ihr die Luft zum Atmen. Felix war bei einer dieser Panikattacken dabei und besorgte ihr daraufhin ein leichtes Beruhigungsmittel. Außerdem verständigte er nach ein paar Tagen ihre beste Freundin Alex. Ebenso ihre Eltern Alfred und Lena, die sofort kamen, um ihrem einzigen Kind beizustehen. Auch wenn sie deren Freund nie kennengelernt oder gar akzeptiert hatten. Obwohl die Eltern Sophia mehr als einmal vor der ungewissen Zukunft gewarnt hatten, waren sie glücklich, die verlorene Tochter wieder in die Arme schließen zu dürfen. Doch es war nun nicht an der Zeit für ein:
„Wir haben dir ja vorausgesagt, dass das kein gutes Ende nehmen wird. Hättest du auf den Rat deiner alten Eltern gehört." Dazu gab es jetzt keinen Grund mehr. Sophias ‚Strafe' war unmenschlich genug.

Letztendlich war Sophia die Anwesenheit von Eltern und Freundin kein Trost. So sehr sie diese Menschen auch liebte. Tom war tot. Und nichts und niemand konnte etwas daran ändern. Was sollte sie noch hier auf Erden?
Der einzige Mensch, den Sophia in ihrem unsagbaren Schmerz einigermaßen ertrug, war Felix. Durch ihn hatte sie auf eine Weise das Gefühl, Tom nahe zu sein. Niemand hatte ihn besser gekannt als er. Gemeinsam saßen sie öfters um den Küchentisch und weinten und lachten bei den Erzählungen über ihren Herzensmenschen. Immer häufiger endeten diese schönen, aber schmerzlichen Erinnerungen mit einem von Sophias schrecklichen Hysterie- und Weinkrämpfen. Darum beschloss Felix nach ein paar Tagen, damit aufzuhören. Vor allem, um seine gute Freundin in ihrer schwersten Zeit nicht noch mehr zu belasten.

In der Extremsport-Szene hatte sich Toms Unfall natürlich schnell herumgesprochen. Jetzt zeigte sich einmal mehr, wie geschätzt und beliebt er allseits gewesen war. Felix übernahm mit einigen anderen Kumpels sämtliche Behörden- und Botengänge, derer es für eine würdige Trauerfeierlichkeit bedurfte.
Am Tag der Beerdigung regnete es wie als Symbol dafür, dass auch der Himmel um diesen wertvollen Menschen weinte. Mehr denn je versprühte Hamburg mit dem grauverhangenen Himmel und den sphärischen Backsteinbauten seine ureigenste düstere Mystik.
Sophia ging wie im Nebel am Arm ihrer Mutter in zweiter Reihe hinter Toms Urne, flankiert von Felix und ihrem Vater. Toms Eltern und ihr acht Jahre jüngerer Sohn, der seinem großen Bruder wie aus dem Gesicht geschnitten war, schritten dem Urnenträger direkt hinterher. Die Mutter mit schmerzverzerrtem Gesicht und ganz in schwarz am Arm

ihres gramgebeugten Mannes. Auch wenn der persönliche Kontakt die letzten Monate aus nachvollziehbaren Gründen abgerissen war, blieb es doch ihr Kind, das hier gerade zu Grabe getragen wurde. Sie hatten Sophia zwar nie persönlich kennengelernt, nickten ihr aber zu Beginn der Abschiedsfeier zu. Zumindest in ihrer Trauer waren die vier miteinander verbunden.
In weiser Voraussicht des zu erwartenden schweren Ganges hatte Felix Sophia starke Beruhigungstabletten besorgt, um das alles einigermaßen ertragen zu können. Das Zeugs tat glücklicherweise seine Wirkung.

Bei der anschließenden ergreifenden Zeremonie auf hoher See waren Basejumper aus der ganzen Welt anwesend. Alle waren in ihrer legeren Alltagskleidung und mit schwarzer Trauerflor-Armbinde erschienen. Zwei von Toms engen Freunden aus der Basjumpergemeinde, hauptberufliche Musiker, spielten und sangen während der Zeremonie sein Lieblingslied: „I did it my way" in der Version der Sex Pistols. Dann wurde die Seeurne endgültig den Wellen übergeben. Sogar Sophias Eltern waren so ergriffen, dass ihnen die Tränen unkoordiniert über die Wangen rannen.
In Sophia selbst weckte all das keine Regung mehr. Sie war eingelullt in ihrer Nebelblase und ließ alles teilnahmslos über sich ergehen. Auch als die Stimmung an Bord später in ein recht fröhliches Fest der Erinnerungen und des Anekdoten-Erzählens im Kreise der Basejumper überging. Schließlich war ihrem Kumpel etwas widerfahren, was jedem einzelnen von ihnen jederzeit ebenfalls passieren könnte. Insofern war Toms Tod für die meisten Anwesenden nichts gänzlich Ungewöhnliches.

Nach einigen Tagen des Tröstens und des guten Zuredens nach der Beerdigung hatten Sophias Eltern aufgegeben. Sie konnten ihre Tochter in ihrer Trauer nicht erreichen. Unverrichteter Dinge reisten sie wieder nachhause. Jedoch nicht ohne der Tochter zu versichern, dass sie zuhause jederzeit willkommen sei.

Wochenlang sperrte sich Sophia in Toms Studentenwohnung ein. Die meiste Zeit verbrachte sie im Bett. Sie verließ ihre Höhle nur noch, um sich im nahen Supermarkt ab und zu mit Nahrungsmitteln einzudecken. Dann und wann erhielt sie Telefonanrufe von ihrer Mutter, ihren Freundinnen oder Toms Kollegen, die sie jedoch nur selten annahm.
In all der Zeit hoffte sie immer wieder verzweifelt, plötzlich eine neue WhatsApp Nachricht oder eine SMS von Tom auf ihrem Handy vorzufinden. So wie früher. Mehrmals täglich starrte sie sehnsuchtsvoll auf ihr Display. Und wurde jedes Mal aufs Neue grausam enttäuscht. Denn nichts dergleichen geschah. Tom hatte ihr auch keine letzte Nachricht hinterlassen. Keinen geheimen Liebesbrief oder Ähnliches. Ebenso wenig wie sie hatte er anscheinend mit seinem Ableben in der nahen Zukunft gerechnet. Bei allem Risikobewusstsein. Das, was ihr zum Schluss geblieben war, las sich als WhatsApp so:

„Alles ok. See you soon, Honey."

Doch eines Nachmittags hörte sie auf ihrer Mailbox eine befremdliche Nachricht ab.

„Hallo, hier spricht Frau Hagner, Toms Mutter. Ich würde mich gerne morgen um 19.00 Uhr mit Ihnen im Café 66 treffen. Wenn Ihnen diese Zeit nicht passt, rufen Sie mich doch bitte unter dieser Nummer zurück. Ich danke Ihnen, Sophia." Eine dünne, gebrochene Frauenstimme sprach am anderen Ende der Leitung.

Sophia hatte keine Ahnung, wie dieser Anruf einzuordnen war. Sollte sie sich auf dieses Zusammenkommen freuen? Beziehungsweise, sollte sie überhaupt hingehen? Wäre es nicht zu schmerzvoll? Und wenn ja, könnte dieser Gang eventuell neue Erkenntnisse bringen? Ihr eventuell einen Brocken des riesigen Steins auf der Brust nehmen? Oder würde es diesen noch vergrößern? Hätte sie am Ende mit Vorwürfen von Toms Eltern zu rechnen, wieso sie als seine Freundin nicht fähig gewesen war, ihn von seinem lebensgefährlichen Hobby abzubringen? Wieder grübelte sie Stunde um Stunde der bis zur Verabredung verbleibenden Zeit. Schwach und zittrig begab sie sich am nächsten Abend zum vereinbarten Treffpunkt im Café 66. Zuvor hatte sie stundenlang auf feste Nahrung verzichtet. Ihr war leicht schlecht gewesen vor Nervosität und aufgewühlt sein.

„Hallo, Sophia. Ich bin Nele Hagner, Toms Mama. Aber bitte nennen Sie mich doch einfach Nele.", wurde Sophia begrüßt. Die städtisch-gepflegt aussehende Frau mittleren Alters streckte ihr freundschaftlich die Hand entgegen.

„Hallo, Frau Hagner, Nele.", erwiderte sie unsicher.

„Sophia, hören Sie. Ich möchte mich bei Ihnen bedanken. Ja, genau. Danke, dass Sie sich um unseren Sohn gekümmert haben, als wir als Eltern versagten."

Sophia schaute sie erstaunt an.

„Aber Sie haben nicht...", setzte sie an.

„Doch, haben wir. Da gibt es nichts schönzureden. Also versuchen Sie es erst gar nicht. Sie müssen wissen: Unser Sohn schrieb uns über die letzten Monate immer wieder kurze Briefe auf dem Postweg, um uns über sein Leben auf dem Laufenden zu halten. Mit WhatsApp, SMS und so weiter haben's mein Mann und ich nämlich nicht so." Das war Sophia neu. Briefe? Davon hatte sie keine Ahnung gehabt.

„Allerdings blieben wir all die Monate stur. Leider. Wir wollten ihn mit diesem abrupten Kontaktabbruch rausholen. Ich meine, raus aus der Basejumper-Gemeinde. Quasi wachrütteln. Er sollte endlich vernünftig werden." Ein Seufzer, der eher einem Schluchzer glich, entschlüpfte ihr.

„Sie können sich sicher vorstellen, was uns Toms letzte Briefe im Nachhinein bedeuten. Ich weiß nicht, wie lange ich diese harte Linie als Mutter überhaupt noch ausgehalten hätte." fuhr sie fort.

Mitleidig sah Sophia in ihre ausdruckslosen Augen. Sie kannte diesen vernebelten Blick. Es war jener, der unter dem Einfluss starker Beruhigungsmittel entstand. Leider gab es zum gerade Gehörten nicht allzu viel zu sagen. Als sich Frau Hagner wieder halbwegs gefangen hatte, hörte Sophia sie schonungslos fortfahren:

„Nun ist es zu spät. Viel zu spät, denn ich werde Tom das nicht mehr erklären können. Nie mehr, verstehen Sie."

Sophia verstand nur zu gut. Auch, dass es für die Eltern ihres verstorbenen Lebenspartners erleichternd sein musste, ihr all das an der Stelle ihres Sohnes zu sagen. Das Ganze hatte den Hauch einer Beichte an sich. Plötzlich wusste sie, was sie sagen konnte. Nein, sagen musste.

„Frau Hagner, hören Sie, Tom wusste ganz genau, dass er auf seine Eltern bauen kann. Er hat mir im Laufe der Zeit so einiges von seiner Familie und seiner schönen Kindheit erzählt.", versicherte sie der verzweifelten Frau vertrauenswürdig.

Die Wahrheit war, dass Tom es stets vermieden hatte, Details über seine Eltern oder ihren innerfamiliären Streit preiszugeben. Im Verdrängen unangenehmer Angelegenheiten war er Weltmeister. Allenfalls sein jüngerer Bruder war dann und wann ein Thema zwischen ihnen gewesen. Diesen hatte Tom abgöttisch geliebt, seinen ‚Kleinen'. Vermutlich ebenso wie seine Eltern, über die er in den ganzen Monaten zumindest nie ein schlechtes Wort über die Lippen gebracht hatte. Allerdings hätte das auch absolut nicht Toms Naturell entsprochen. Umso überraschter war Sophia über die Briefe an seine Eltern. Es schien doch eine noch größere Bindung zwischen ihnen bestanden zu haben als angenommen. Und kleine Geheimnisse hatte es allem Anschein nach also sogar zwischen ihnen beiden gegeben.

Nele Hagner sah ihrem Gegenüber dankbar in die Augen.
„Sie sind wirklich ein großartiges Mädchen, Sophia. Kein Wunder, dass unser Tom Sie so geliebt hat. Tom war was ganz Besonderes." Sophia nickte zustimmend und senkte traurig den Blick.
Daraufhin holte Frau Hagner einen Briefumschlag aus ihrer schwarzen Handtasche und überreichte ihn der verblüfften jungen Frau.
„Ich möchte, dass du diesen Brief als Andenken behältst. Du warst die große Liebe unseres Jungen. Daran besteht kein Zweifel. Darum gehören diese Zeilen jetzt dir."
Ohne, dass es ihr bewusst war, hatte sie Sophia zu deren Überraschung plötzlich geduzt. Es herrschte ein stilles Einverständnis und eine große Verbundenheit zwischen den beiden Frauen. Toms zwei großen Lieben in seinem kurzen Leben.
Zuhause las Sophia wenig später:

Liebe Mama, lieber Papa,
Vor einiger Zeit habe ich mich in München in eine unglaubliche Frau verliebt. Keine oberflächliche Sport-Tussi, Mama, sondern eine echte Künstlerin, eine Geigenspielerin. Und Papa, es gibt sie doch, die Liebe auf den ersten Blick! Glaub mir, jetzt weiß ich es. Sophia ist eine Frau, die euch gefallen

würde, daran besteht kein Zweifel. Schade, dass ihr euch nun nicht kennenlernen könnt.
Und wisst ihr, Sophia liebt mich so, wie ich bin. Mit all meinen Vor- und Nachteilen, die ihr beide ja nur zu gut kennt. Sie macht mir letztere auch nicht zum Vorwurf. Jedenfalls nur selten und nicht auf eine untragbare Art und Weise.
Je länger ich diese Frau kenne, umso mehr kommt es mir vor, als hätte ich mein Leben lang auf genau diesen einen Menschen gewartet.

Ich sende euch wie immer all meine Liebe und hoffe inständig, dass ihr euch eines Tages begegnen werdet! Nein, ich weiß es einfach!

In Liebe,
Tom

In der Tat war es zu dieser von Tom herbeigesehnten Begegnung gekommen. Jedoch unter äußerst makabren Umständen. Sophia starrte noch eine Weile ins Leere. Es kamen keine Tränen mehr. Sie hatte bereits alle aufgebraucht.

Nach mehreren Wochen der Einsamkeit hatte sie schließlich alle Phasen der Trauer im Schnelldurchlauf durchlebt: die Zeit des Schocks, die Zeit der tiefen Trauer und des Haderns mit Gott, dem Schicksal und dem Universum. Ebenso die Zeit der Wut auf Tom: Wie konnte er es wagen, einfach so still und leise aus ihrem Leben zu verschwinden. Dieser Schuft.

Dann endlich brach die Zeit des langsamen Realisierens und Akzeptierens der unausweichlichen Realität an. Ausgelöst durch eine seltsame Begebenheit.

# Neuntes Kapitel

Tom nahm sie in seine beschützenden Arme und küsste sie sanft. Langsam strich er über ihre Haut. Was, wie immer, einen wohligen Schauder durch ihren gesamten Körper jagte.
„Weiter, bitte weiter", stöhnte sie gierig.
Sie war sich im Halbschlaf zwar im Klaren, dass es sich um einen Traum handelte. Einen wunderschönen, herrlichen Traum. Einen, den sie nicht so schnell vorbeiziehen lassen wollte. Erst als es gar nicht mehr anders ging, erlaubte sie sich, aufzuwachen. Umso schlimmer war es dann, die unbarmherzige Wirklichkeit ertragen zu müssen. Nun endlich realisierte sie: Hier in Hamburg erinnerte sie alles an Tom. Es war ein Ding der Unmöglichkeit, der Sehnsucht nach ihm an diesem Ort ein Schnippchen zu schlagen. Ihr Entschluss stand fest.

Sie musste Hamburg verlassen. Diese Stadt, in der sie nie von Tom loskommen würde. Mutig und entschlossen griff Sophia zum Handy. Sie verabredetet sich mit Felix für das kommende Wochenende in einem der kleinen, gemütlichen Studentencafés des Hamburger Viertels. Er war so nett, extra deswegen von München nach Hamburg zu fahren. Das, obwohl sie bald wieder in der Stadt im Süden Deutschlands wohnen würde. Aber sie musste ihn unbedingt hier in Hamburg treffen. Ein allerletztes Mal die alten Zeiten heraufbeschwören, um abschließen zu können.
Obwohl es zeitlich gesehen alles andere als ideal für ihn war, akzeptierte Felix ihre Bitte ohne Widerrede. Er verschob sogar einen Videodreh in den Schweizer Bergen dafür. Zu viel hatte diese junge Frau in letzter Zeit durchmachen müssen, als dass er ihrer Bitte nicht nachkommen würde.

Als er im Café eintraf, saß Sophia bereits an einem der runden Tische vor ihrem Latte Macchiato. Von der Seite sah sie schmächtiger und zerbrechlicher aus als früher. Dennoch hatte er sie beim Eintritt auf Anhieb von hinten erkannt.

„Hallo, du," begrüßte er sie mit Küsschen auf beide Wangen. So wie zwischen ihnen üblich.

„Wie geht es dir, Sophia? Und ich erwarte eine ehrliche Antwort von dir." Ohne Umschweife wollte er die Wahrheit von ihr hören.

„Hey, Felix. Naja, geht so. Was soll ich sagen? Schön auf alle Fälle, dass du gekommen bist.", erwiderte sie nach kurzem Zögern. Sie war ihm ehrlich dankbar. Allerdings verriet ihre dünne, brüchige Stimme ihre Unsicherheit.

Zwei Stunden war sie ratlos vor dem Schlafzimmerspiegel gestanden. Hatte ihre stumpfen braunen Haare immer wieder gekämmt und sich etliche Male umgezogen. Sie wollte wieder unter Menschen, also musste sie wie ein normaler Mensch ausschauen. Doch das hatte sich als echte Herausforderung herausgestellt. Zu ihrer Schande hatte sie sich in den vergangenen Monaten sprichwörtlich gehen lassen. Hatte nur im äußersten Notfall rasch irgendetwas gerade Vorhandenes, meist Ungesundes, verschlungen, um zu überleben. Hatte sich außer einer gelegentlichen Dusche nur selten gepflegt. Wozu auch? Für ihr Herumlungern zuhause hatte das völlig ausgereicht. Sämtliche Jeans waren deshalb mindestens zwei Nummern zu groß und schlotterten locker um ihre Knie.
Es nützte nichts. Nach langem Hin- und Her hatte sie sich schlussendlich für eine der engeren mittelblauen Jeans und ein schwarzes T-Shirt entschieden, das sie am Unterbauch verknotete.

„Weißt du, Felix, Tom hätte gewollt, dass ich wieder glücklich sein kann. Allerdings bin ich davon meilenweit entfernt. Aber ich muss mir und meinem Leben wenigstens eine Chance geben, dorthin zu kommen. Irgendwann.", fuhr sie fort. Felix nickte zustimmend.

„Der langen Rede kurzer Sinn: Ich werde Hamburg verlassen und wieder zu meinen Eltern nach München ziehen. Mir ist es wichtig, dir noch etwas von Tom zu geben. Und zwar hier und jetzt!"

Erstaunt sah er sie an. Der Entschluss, wieder in ihr Elternhaus zurückzukehren, musste sie eine Menge Überwindung gekostet haben.

„Tom hätte gewollt, dass du das für ihn und vor allem für dich trägst."
Mit zitternden Händen holte sie das Haifischzahn-Amulett mit dem schwarzen Lederhalsband aus ihrer Handtasche hervor und schob es schnell über den Tisch zu Felix hinüber. Aufgrund einiger Unklarheiten und Fragen vonseiten der Behörden hatte man sie nach Toms Tod auf die Polizeiwache gebeten. Im Zuge dessen hatte ihr die empathische Polizistin Toms auffallende Naturkette überreicht.

Überrascht schaute Felix auf den Gegenstand, den er so gut kannte. Es war das mysteriöse Amulett, das er selbst von einem alten Aborigine-Medizinmann zum Schutz vor Gefahren geschenkt bekommen hatte. Vor Lichtjahren, damals in Australien. Weil sich gegen Ende der Reise immer mehr herausgestellt hatte, dass Tom der waghalsigste und risikofreudigste unter allen Freunden war, hatte Felix es schließlich an ihn weitergegeben. Sein allerbester Freund würde es vermutlich am allermeisten brauchen.

Nun war es auf Umwegen also wieder bei ihm gelandet. Keine Frage: Er würde es in Ehren halten. Alles, was Felix nach einigem Zögern herausbrachte, war:

„Danke, Sophia. Echt lieb von dir. Vielleicht können wir uns in München mal treffen. Meine Nummer hast du ja."
„Klar, doch. Machen wir, Felix.", gab Sophia etwas zu rasch zurück. Ihnen beiden war bewusst, dass das wohl nicht so schnell der Fall sein würde. Zu schmerzlich war die Erinnerung an ihren gemeinsamen Freund, die sie durch den jeweils anderen jedes Mal automatisch heraufbeschworen.

## Zehntes Kapitel

Es war jetzt über sechs Monate her, seit sie ihre Zelte in Hamburg abgebrochen hatte und zurück in die Geborgenheit des elterlichen Haushalts geflüchtet war.
Wieder in München bemühten sich Sophias Eltern und Freundinnen nach Leibeskräften, sie von ihrer Trauer abzulenken. Nach all den Wochen der totalen Abkapselung war sie tatsächlich dankbar dafür. Und endlich bereit, sich wenigstens hin und wieder am Alltagsleben in Gesellschaft zu beteiligen. Ihre Freunde nahmen sie mit auf verschiedenste Konzerte, schleppten sie in Bars und auf Partys. All das bedeutete ihr jedoch nichts mehr. Eine furchtbare Leere machte sich tief in ihr breit, um länger zu bleiben.

Eines Tages ertappte Sophia sich dabei, wie sie an ihr Violinspiel dachte. Lange hatte sie den Gedanken an ihr Instrument erfolgreich verdrängt. Doch letztendlich war das Musizieren etwas, bei dem sie das Gefühl hatte, es richtig zu beherrschen. Plötzlich sehnte sie sich danach. Die Erinnerung an ihre Violine tat ihr richtiggehend körperlich weh. Sie holte den wunderschönen Geigenkoffer mit ihrer alten Geige aus dem Schrank ihres Jugendzimmers. Aufgeregt öffnete sie ihn. Ihr Vater hatte die geliehene viele Millionen teure italienische Violine von früher längst an die Nationalbank zurückgeben müssen. Doch auch die eigene, weniger wertvolle Violine ihrer Jugend anzuschauen, war für sie ein überaus berührender Anblick. Ihre Augen füllten sich mit Tränen, als sie langsam über die vier Saiten strich. Sie liebte diesen dunklen, warmen Klang.
Hinter ihr hatte sich die angelehnte Zimmertür einen Spalt breit geöffnet. Ihr Vater guckte überrascht durch den Türschlitz und beobachtete heimlich die Szenerie. Mit einem zu-

friedenen Lächeln auf den Lippen und einer leisen Vorahnung schloss er sachte die Tür hinter sich.

Ein ganzes Jahr ihres neuen Lebens war inzwischen vergangen. Sie hatte mit dem Geigenspiel dort angesetzt, wo sie damals aufgehört hatte. Nach ihrer selbst verordneten jahrelangen Pause war sie erstaunt, wie rasch sie den Anschluss an ihr altes Können wieder gefunden hatte. Mehr noch: Es war nicht bloß eine simple Rückkehr zu ihrem alten Spiel. Ihre Musik besaß nun die nötige Tiefe, um als einzigartig bezeichnet zu werden. Sie war durch den erlittenen Kummer und das unsagbare Leid gereift zu etwas Großem, etwas Originellem. Was Sophias Violinspiel vorher um einen Hauch an Ausdruck und Klangschönheit gefehlt hatte, war auf einmal da. Die Kompensation ihrer Qualen und des Weltschmerzes, ihrer eigenen erschütternden Lebenserfahrung, erfolgte sozusagen durch den intensivsten Geigenton, den sie imstande war hervorzubringen. Ihr Klang war jetzt beseelt. Das Negative in Sophias Leben brachte für ihre Musik also genau dieses positive Etwas, das Magische, das vorher künstlerisch gefehlt hatte. Das Tüpfelchen auf dem i sozusagen.

Kein Mensch auf Erden war glücklicher über diese unvermutete Entwicklung als ihr Vater Alfred. Eifrig war er bemüht, als Manager seines „kleinen Mädchens" erneut vehement alles zu probieren, um seinen Traum von der Weltkarriere der Tochter doch noch zu verwirklichen. Als Solistin gab Sophia zusammen mit ihrem alten Klavierpartner einige vielumjubelte Konzerte in kleineren und mittelgroßen Sälen Deutschlands, Österreichs und Italiens. In den jeweiligen örtlichen Zeitungen wurde sie bereits als neuer Star am Klassikhimmel gefeiert. Im Gegensatz zu früher hielt sich Sophias Lampenfieber bei ihren Auftritten in Grenzen. Jetzt hatte sie nichts mehr zu verlieren. Der Ruhm bedeutete ihr nicht allzu viel. Seltsamerweise brachte das regelmäßige Konzertieren auch eine enorme psychische Erleichterung mit sich. Es war eine Art heilsame Psychotherapie für die leidgeprüfte junge Frau.

Doch tief drinnen war und blieb Sophia zerrissen.

## Zweiter Teil: Marcel

3 Jahre später

### Erstes Kapitel

„Freust du dich, Schätzchen?", fragte ihr Vater enthusiastisch und betrachtete seine Tochter liebevoll.
„Konzertsaal Philharmonie, bei uns in München. Endlich! Und alle werden sie diesmal da sein, Sophia. Presseleute, Fotografen, das geordnete Kamerateam, Künstler, Ehrengäste.", triumphierte er atemlos. Der vornehme Mann in seinen 60ern ging im Wohnzimmer seiner alten Stadtvilla aufgeregt auf und ab. Er war nicht mehr zu bremsen vor Begeisterung.
„So lange haben wir darauf hingearbeitet, meine Kleine. Ein Violinkonzert mit Orchesterbegleitung. Dazu mit diesem berühmten Klangkörper. Und dann auch noch Sibelius. So eine Ehre! Du hast es geschafft, mein Schatz!", schloss er nun, den Tränen nahe. Der Mann war so gerührt, dass ihm gar nicht auffiel, dass seine vierundzwanzigjährige Tochter reichlich spät auf seine ohnehin eher rhetorische anfängliche Frage antwortete.
„Ja, Papa, das ist wirklich wunderbar. Ganz ausgezeichnet. Und ich danke dir. Du hast so viel für mich getan. Das hast du echt verdient." Perplex hob Lena die Augenbrauen. Ihr war die Wortwahl ihrer Tochter keinesfalls entgangen. Sie musterte sie jetzt eingehend. In ihrem Blick spiegelte

sich eine merkwürdige Form von melancholischer Traurigkeit.

„Aber Sophia, Liebes. Du selbst hast dir das verdient. Niemand anderer. Schließlich bist du es gewesen, die wie der Teufel Geige geübt hat. Mehrere Stunden täglich – und das jahrelang – vor allem die letzten zwei, drei Jahre!", erinnerte die Mutter bekümmert. Sie war ein recht emotionaler Typ Mensch. Ein Gefühlsmensch, so wie ihre Tochter. Deshalb kannte sie diese auch in- und auswendig. Als Sophia vor über drei Jahren in den Norden gezogen war, konnte sie sie sogar zu einem Teil verstehen. Sie hatte für ihre große Liebe, den angebeteten Künstler Alfred, in jungen Jahren ja auch alles stehen und liegen lassen. Nur hatte sie damals nicht so viel aufzugeben gehabt wie ihre Tochter. Dennoch war Lena von vornherein klar gewesen, dass schon etwas Außergewöhnliches passieren müsste, um ihr geliebtes Mädchen wieder ins Elternhaus nach München zurückzuführen. Noch nie in all den Jahren hatte sie ihre Tochter nämlich so glücklich, so frei und ausgelassen erlebt, wie in der wilden Phase mit Tom. Bei aller Sehnsucht nach Sophia war sie im Gegensatz zu ihrem Ehemann empathischer Freigeist genug gewesen, sich für ihr kleines Mädchen insgeheim ein kleines bisschen mitzufreuen. Dass dieses „Außergewöhnliche", das passieren hatte müssen, letztendlich mit dem Sterben eines jungen Menschen einhergehen würde, hätte Lena allerdings nicht im Entferntesten zu denken gewagt. Oder sich gar gewünscht. Trotzdem fühlte sie sich auf eine Weise mitschuldig an der Tragödie. Und damit am Schicksal ihrer Tochter. Diese hörte sie jetzt erwartungsgemäß antworten.

„Ach, Mum, da hast du natürlich recht. Und ich freu mich ja auch sehr." Sophia schien wieder jene pflichtbewusste junge Frau, die sie im Grunde ihres Herzens immer gewesen war. Sie umarmte erst Alfred, dann Lena und verließ eilig den Wohnraum. Niemand sollte ihre Tränen sehen. Das machte sie ganz mit sich allein aus.

Nach dem großartigen Konzertabend in München überschlug sich die Presse förmlich mit überschwänglichen Berichten über den neuen weiblichen Star am Klassikhimmel. Die Proben mit Orchester waren dementsprechend anspruchsvoll und fordernd gewesen. Maestro Aschenko hatte nichts, aber auch gar nichts dem Zufall überlassen. Wie üblich hatte er seine ureigene detailverliebte Vorstellung im Kopf gehabt, ohne dabei das große Ganze zu vernachlässigen. Und er hatte von seinen Musici kompromisslos verlangt, dass sie diese bestmöglich umsetzten. Dasselbe war selbstredend für die Solisten gültig gewesen. Die Zusammenarbeit mit dem Dirigenten und dem recht großen Klangkörper hatte Sophia als überaus befruchtend und beglückend empfunden. In der Tat hatte sie selbst in Höchstform aufgegeigt. Sie wusste im Nachhinein sehr wohl, dass sie diesmal technisch wie auch musikalisch und klanglich keine Wünsche offengelassen hatte. Allein schon die dynamische Palette hatte vom allerzartesten Pianississimo-Hauch eines Nichts bis zum dreifachen, ohrenbetäubenden Fortissimo gereicht. Das war Sibelius in Perfektion gewesen. Da waren sich ausnahmsweise sämtliche Musikjournalisten einig.

Zum Problem avancierte aber, was zusätzlich zur üblichen Musik-Kritik berichtet wurde. Jede Zeitung, egal ob trivial oder seriös, ja sogar jedes fachbezogene Magazin, thematisierte tags darauf ihr privat erlebtes Drama. Dies in einer impertinenten Art und Weise, die Sophia in höchstem Maße aufwühlte und verstörte. Wie konnten sie es wagen! Bereits im zweiten oder dritten Absatz wurde detailliert von einer

ungewöhnlichen Affäre mit einem waghalsigen jungen Stuntman, der tödlich verunglückt war, berichtet. Einige der Boulevardblätter stellten den schrecklichen Schicksalsschlag gänzlich in den Vordergrund ihrer Berichterstattung.
Aber woher nur hatten die Medien und die Paparazzi diese höchst privaten Informationen bezogen? Wer hatte die Boulevardpresse gefüttert und Sophia damit so dreist persönlich verraten?
Zu ihrem Entsetzen musste sie nicht lange suchen. Sie fand den Maulwurf in den ureigensten Reihen.

In ihrem Kopf arbeitete es nach den sensationslüsternen Storys fieberhaft. Es gab nur wenige Personen, die über die Beziehung zu Tom so genau Bescheid gewusst hatten. Dazu gehörten ihre Eltern, aber auch Felix und Alex. Letztere beiden hatten ihr angesichts des riesigen Erfolgs bereits am nächsten Tag telefonisch gratuliert. Und ihr dabei versichert, wie sehr sie sich freuten, dass sie nun wieder Fuß gefasst habe. Unabhängig voneinander waren die zwei ebenso überrascht gewesen bezüglich der impertinenten Zeitungsberichte, wie sie selbst. Undenkbar also, dass jemand von ihnen...obwohl...
Eine Person in ihrem engsten Umfeld hatte aufgrund des Erfolgs und Ruhms nichtsdestotrotz die ganze Zeit unverwüstlich auf Wolke 7 geschwebt. Sogar jetzt noch. Vor Schreck über diese neue Erkenntnis musste sich Sophia erst einmal hinsetzen.
Sie hegte einen ungeheuerlichen Verdacht.

Wie eine Furie warf sie Alfred, der sich auf dem Wohnzimmersofa gerade zufrieden ausruhte, sämtliche Zeitungen vor die Füße. Ihr Gesicht war hochrot vor Zorn und Abscheu.

„Junge Violinvirtuosin verliert ihren Lebensmenschen am Beginn einer Weltkarriere", „Skandal um Liebesdrama eines aufsteigenden geigenden Ausnahmetalents".

„Na, Papa, hast du zu diesen Titelüberschriften irgendwas zu sagen?", konfrontierte sie ihren überraschten Vater in scharfem Ton.

In ihren feuchten Augen spiegelte sich abgrundtiefer Hass wider. Und zwar in einer Heftigkeit, die Lena richtiggehend das Blut in den Adern gefrieren ließ. Peinliche Stille. Sekundenlang. Bis Lena begriff und ihren Mann ebenfalls schockiert und fassungslos ansah.

„Bitte sag doch was, Alfred. Sag, dass das nicht wahr ist. Bitte!", brachte sie schließlich hervor. So viel Dreistigkeit hätte sie ihrem Ehemann nun doch nicht zugetraut.

„Naja. Ich dachte mir, so ein kleines bisschen Publicity und PR könnte nicht schaden, um deine Karriere..." Er kam nicht mehr dazu, das Wort „anzukurbeln" hinzuzufügen.

„Welche Karriere denn, Papa. Du hast mich verraten. Du hast mich verkauft an das öffentliche Rampenlicht. Und ich habe dir einmal mehr die ganze Zeit blind vertraut. Wie, wie konntest du mir – nein, wie konntest du uns das nur antun. Das verzeihe ich dir nie! Niemals! Und dieses Mal meine ich, was ich sage!"

Damit verließ sie fassungslos das Zimmer. Ebenso wie wenig später seine bitter enttäuschte Ehefrau.

## Zweites Kapitel

Wochenlang wechselte Sophia daraufhin kein Wort mit ihrem Vater. Der seinerseits war sich in seiner mentalen Einbahnstraße einer Schuld nur bedingt bewusst. Er dachte erst darüber nach, nachdem ihn seine Ehefrau einen „inakzeptablen, rücksichtslosen chauvinistischen Macho" genannt hatte. Die beiden Frauen waren tatsächlich stinkwütend auf ihn. Wieso übertrieben diese Weibsbilder bloß immer so? Er als Künstler hätte damals weiß Gott alles und noch viel mehr unternommen, um zu solcher Berühmtheit zu gelangen. Unabhängig von jeglicher political correctness. Obwohl - Skrupellosigkeit wäre an dieser Stelle wohl das passendere Wort gewesen.

Seine Tochter wäre vor Wut und Scham am liebsten einfach davongerannt. So wie in ihrer Kindheit bei Problemen. Sophia war in der Zwischenzeit jedoch gereift und auch Realistin genug, um zu wissen, dass das erstens keine Lösung war. Dass sie zweitens ihren Vater nichtsdestotrotz immer lieben würde und dass sie drittens mehr denn je von ihm als Manager mit seinen Beziehungen abhängig war. Ohne Tom konnte sie sich inzwischen kein Leben mehr ohne das Musizieren auf der Geige vorstellen. Und dazu gehörte eben auch das Konzertieren vor Publikum. Es verlieh ihr eine gewisse Befriedigung. Vermutlich genau deswegen war sie nicht mehr gewillt, auf eine Künstlerkarriere zu verzichten. Dazu brauchte sie ihren Vater weiterhin als Manager, noch mehr aber als persönlichen Rückhalt. Als ehemaliger Berufsmusiker war er bestens vertraut mit allen Belangen des Musik-Profitums. Von der Vorbereitung über die Konzertphase bis zur dringend benötigten Regeneration, die so ein anstrengendes Künstlerleben mit sich brachte.

In der Tat nahm Sophias Musikerlaufbahn innert kürzester Zeit solche Fahrt auf, dass sie sich bald finanziell unabhängiger machen konnte vom familiären Umfeld.
Gemeinsam mit Alex gründete sie eine Zweier-WG. Die beiden jungen Frauen mieteten sich eine hübsche winzige Altbauwohnung in Zentrumsnähe.
Auch wenn Sophias Zimmer speziell gedämmt wurde, war es dennoch nicht komplett schalldicht. Alex musste viel Toleranz aufbringen, um das stundenlange Üben, teils bis tief in die Nacht, zu ertragen. Für ihr Jurastudium büffelte sie zu allem Überfluss gerade selbst zu den ärgsten Unzeiten. Sie hatte ihr Ziel ebenfalls glasklar vor Augen. Ihr Vater hatte sich vor Jahren selbständig gemacht und eine gutgehende Kanzlei am Rande der Stadt aufgebaut. Diese würde seine Tochter als Juristin einmal übernehmen. Alex' älterer Bruder, auf dem die anfänglichen väterlichen Hoffnungen geruht hatten, war vor ein paar Jahren vor den hohen Erwartungen seines Juristen-Papas nach Australien geflohen. Er war ausgewandert, um sich seinen Traum vom unabhängigen Leben auf seinem Lieblingskontinent zu erfüllen. Dort besaß er all das, was er sich je erträumt hatte. Mit seiner inzwischen vierköpfigen Familie führte er ein beschauliches Leben in einem Land mit freiheitsliebenden Menschen. Alex fand das mutig und bewundernswert. Sie wusste, dass sie selbst viel zu feige und angepasst dazu wäre.

Mit der Zeit war Sophia immer seltener und schließlich nur noch zur Erholung in der gemeinsamen Wohnung der Freundinnen anzutreffen. Ständig weilte sie auf irgendeiner Konzerttournee und spielte die unterschiedlichsten Violinkonzerte von Mendelssohn bis Schönberg mit den verschiedensten Orchestern und in den größten Konzerthallen der Welt. Etwa der Suntory Hall in Tokio, der Boston Symphony

Hall, dem Musikvereinssaal in Wien und der Carnegie Hall in New York. Selbstverständlich waren Vater und Mutter Goldmann stets unterstützend an ihrer Seite. Aufgrund seines anfänglichen Fehlers vermied Alfred es jedoch penibel, sich allzu viel in Interviews oder anderweitige Promotion-Tätigkeiten seiner Tochter einzumischen. Er arrangierte diese höchstens aus der Ferne als professioneller Manager. Dennoch blieb das Verhältnis zwischen der Virtuosin und ihrem Vater auf privater Ebene ambivalent und misstrauisch angespannt.

## Drittes Kapitel

Da war er. Sie erkannte ihn mit seinen halblangen braunen Haaren schon von hinten. Lässig stand er mit seiner weiblichen Begleitung an einem der hohen Bartische im Foyer des Münchner Konzertsaals. Er amüsierte sich königlich. Dabei gestikulierte er in seinem eleganten grauen Anzug heftig mit den muskulösen Armen. Sie war sich sicher. Es war Tom. Ihr Tom. Ein Déjà-vu.

Verwirrt begab Sophia sich in ihrem schulterfreien schwarzen Abendkleid an den Tisch der wartenden Freundinnen. Er war nur ein paar Meter von der mysteriösen männlichen Gestalt entfernt. Diese sah sie jetzt deutlich von der Seitenperspektive. Bevor sie genauer darüber nachdenken konnte, gratulierten ihr ihre besten Freundinnen Alex, Sandra und Allegra begeistert mit Bussi links und rechts auf die Wangen zum phänomenalen, ja galaktischen, Auftritt. Einen, bei dem sie nach der betont unsentimentalen Interpretation des Brahms-Violinkonzertes vom euphorischen Publikum durch minutenlanges Klatschen zu zwei Zugaben aufgefordert worden war. Die drei Frauen konnten ihren Stolz auf die berühmte Freundin nicht verbergen. Sie prosteten ihr überschwänglich zu. Von Neid keine Spur. Sie bewunderten Sophia aufrichtig für ihr enormes Talent und die eiserne Disziplin.
Alle redeten gleichzeitig auf sie ein. Doch Sophia war unkonzentriert und geistig abwesend. Aufgrund der allgemeinen Hektik schien diese Tatsache aber keiner der anderen jungen Frauen aufzufallen. Immer wieder schielte die prominente Freundin entgeistert zu den beiden Personen am Nebentisch hinüber. Leicht enttäuscht registrierte Sophia bei genauem Hinsehen, dass es sich logischerweise bloß um eine Art Dop-

pelgänger von Tom handelte. Die Ähnlichkeit war allerdings frappierend. Nicht nur optisch, sondern besonders in der Art der Armbewegungen und des spitzbübischen Lachens des jungen Mannes. Magisch wurde Sophia davon in den Bann gezogen.

Die weibliche Begleitung von Toms Ebenbild, die bis jetzt mit dem Rücken zu Sophia gestanden hatte, drehte sich schließlich abrupt zu ihr um, streckte ihr die Hand entgegen und rief künstlich überrascht:

„Sophia, Sophia Goldmann. Na, wer hätte gedacht, dass du es je so weit schaffen würdest, meine Liebe. Ich dachte schon, du hättest komplett hingeschmissen nach meinem Überraschungs-Sieg damals. So enttäuscht wie du warst." Die Frau in den Endzwanzigern kicherte leicht hysterisch. Du kennst mich doch noch? Ist inzwischen schon eine Weile her."

„Bitte, lieber Gott, kneif mich und sag mir, dass das nicht wahr ist", schoss es Sophia durch den Kopf. Sie war einer Ohnmacht nahe. Vor ihr stand genau jene junge Violinistin namens Diana Müller, die ihr beim richtungsweisenden süddeutschen Wettbewerb vor einigen Jahren den ersten Preis vor der Nase weggeschnappt hatte. In Sophia krampfte sich alles zusammen. Noch bevor sie sich wieder gefangen hatte, ging das verbale Feuerwerk weiter.

„Darf ich dir vorstellen", zeigte Diana sichtlich stolz auf ihren Begleiter,

„Dr. Marcel Hohenberg, Besitzer und Junior-Chef der renommierten Anwaltskanzlei Hohenberg und Partner. Er war so nett, mich heute Abend auf dein Konzert zu begleiten." Sie hakte sich bei dem Mann unter. „Marcel, äh, Dr. Hohenberg hat mich aus diesem ganzen Scheidungsschlamassel rausgeholt. Du weißt schon. Ich habe viel zu jung geheiratet. Das hat mich vermutlich auch meine Karriere gekostet, du kannst dir ja sicher vorstellen. Aber dank Marcel: Sieg auf ganzer Linie. Und besonders natürlich in finanzieller Hinsicht." Dabei warf sie dem jungen Mann schmachtende Blicke zu. Schweigend und irgendwie süffisant hatte dieser die Lobeshymne seiner Begleiterin über sich ergehen lassen. Sophia war klar, dass es spätestens jetzt an der Zeit war, sich endlich zu fangen, um die Peinlichkeit dieser Begegnung nicht noch zu vergrößern.

„Schön, dich wieder mal getroffen zu haben, Diana. Ich sehe, dir geht es gut. Und wie nett von Ihnen, dass Sie Diana zu meinem Konzert begleitet haben, Herr Hohenberg.", erwiderte sie höflich reserviert. Mit einem höhnischen Lächeln auf den Lippen entgegnete der junge Anwalt:

„Naja, wissen Sie, Frau Goldmann, jetzt weiß ich wenigstens, dass Popkonzerte mit etwas mehr Bewegungsfreiheit und von echten Musikgrößen, wie etwa von U2 gespielt, eher meine Kragenweite sind. Auch wenn ihr Konzert dem Applaus der anderen nach zu urteilen so schlecht nicht gewesen sein kann."

Sophia glaubte, sich verhört zu haben. Was bildete sich dieser arrogante Mensch eigentlich ein. Sie versuchte, die aufsteigende Zornesröte zu unterdrücken und nach außen möglichst gelassen zu wirken. Es gelang ihr mitnichten. So ein Arsch aber auch. Sie klaubte innerlich all ihre Schlagfertigkeit zusammen.

„Nun, ich meinerseits hätte selbstverständlich keinesfalls erwartet, dass neureiche Schnösel der Münchener Schickeria im kulturellen Bereich auch nur im Geringsten bewandert sind. Sie, Herr Dr. Hohenberg, bestätigen diese Regel und sind der lebende, fleischgewordene Beweis für die Gültigkeit meiner Vorurteile. Ich wünsche noch einen schönen Abend, meine Lieben!"

Damit machte sie auf dem Absatz kehrt und wandte sich wieder den Personen am Nebentisch zu. Dort stand zum Glück bereits ein bekannter Musikkritiker in einer angeregten Diskussion mit den drei Freundinnen und wartete sehnlichst auf sie. Sophia lächelte. Sie war mit ihrer geistesgegenwärtigen Antwort zufrieden. Wie konnte dieser impertinente Kulturbanause es auch nur im Entferntesten wagen.

Nach dieser sehr aufwühlenden Begegnung schlief Sophia unruhig. In der Nacht begegnete sie im Traum Tom, der sich dieses Mal jedoch kühler und unnahbarer verhielt als sonst. Die im Schlaf durchlebten Schlagabtäusche waren richtiggehend anstrengend. Auf der anderen Seite hatten diese aber sogar beim Träumen durchaus ihren Reiz.
Am nächsten Morgen musste Sophia sich eingestehen, dass ihr dieser unsympathische, allerdings gleichermaßen eloquente und charismatische Rechtsanwalt trotz seiner unbeschreiblichen Arroganz imponiert hatte.
Auch Marcel erlebte eine durchwachsene Nacht. Nur mit Mühe hatte er sich diese naiv-aufdringliche Diana vom Hals schaffen können. Er hatte etwas von „unaufschiebbaren Terminen" am frühen Morgen gequasselt und zum Abschluss versprochen, sie baldmöglichst anzurufen.
Diese Violinistin hingegen hatte es tatsächlich geschafft, ihn, den verwöhnten und von der Frauenwelt begehrten Junggesellen, einigermaßen zu amüsieren. Ja, er müsste lügen, würde er behaupten, diese selbstbewusste Musikerin hätte keinen nachhaltigen Eindruck bei ihm hinterlassen. Ihre Entrüstung über sein Machogehabe hatte ihn nicht im Geringsten abgestoßen. Im Gegenteil. Sie hatte ihn wie ein Magnet angezogen. Ebenso ihre Schlagfertigkeit. Obwohl er prinzipiell den häuslich-naiven Frauentypus bevorzugte. Sein Plan stand fest: Er musste Sophia unbedingt wiedersehen.

**Viertes Kapitel**

Drei Wochen später fand das zweite der vier im Frühjahr in München angesetzten Konzerte statt. Sophia fieberte nervöser als gewöhnlich auf diesen Auftritt hin. Ihr sechster Sinn ließ sie erahnen, dass dieser Abend für sie in irgendeiner Form zukunftsweisend sein würde. Und das hing nicht nur mit der Tatsache zusammen, dass es für jeden Geiger eine Herausforderung war, innerhalb von wenigen Tagen zwei so herausragende und unterschiedliche Violinkonzerte wie die von Brahms und Beethoven zu spielen.
Die Orchesterproben liefen einwandfrei und der Maestro am Dirigentenpult war hochzufrieden. Trotzdem blieb diese beunruhigende Aufgewühltheit in Sophias Innerem.

Nach dem begeisterten Schlussapplaus für die letzte Zugabe beeilte sie sich mehr als sonst, die ihr überreichten Rosen der Assistentin zu übergeben. Wie üblich wurde sie danach von ihren Eltern und den Freundinnen im Foyer empfangen. Suchend blickte Sophia sich um. Die Person ihrer heimlichen Begierde schien nicht anwesend zu sein. Das war einigermaßen ernüchternd. Die Desillusionierung darüber war um einiges größer, als sie insgeheim gehofft hatte.
„Liebes, das war wieder eine wahre Meisterleistung heute. Ich, nein, wir sind megastolz auf dich!" Lena legte mütterlich stolz den Arm um sie. Auch das Lob der anderen war einmal mehr enthusiastisch.
„Und wie du die Bach-Solo-Partita in E-Dur als Zugabe interpretiert hast. Ohne Makel und ganz in der barocken Aufführungspraxis. Ausgezeichnet, Sophia. Wirklich beeindruckend!" Diesen Satz aus dem Mund ihres gestrengen Vaters zu hören, war die höchste Auszeichnung, die sie sich vorstellen konnte. Bach war Alfreds Halbgott. Der Kompo-

nist, den er über alles verehrte, nein vergötterte. Sophia freute sich über sein Lob. Trotzdem fühlte sie sich seltsam frustriert und leer.

Die Freundinnen verabschiedeten sich nach ein paar Minuten Smalltalk. Ebenso die Eltern. Sie alle verließen höchst zufrieden den Schauplatz. Resigniert schaute sich Sophia noch ein allerletztes Mal um. Nichts. Der Vorraum war in der Zwischenzeit fast leer.
Nun, vielleicht war es ja besser so. Wenigstens blieb ihr damit eine höchstwahrscheinlich erneute schlimme zwischenmenschliche Erfahrung erspart.

In dem Moment öffnete sich mit einem Ruck die verglaste Eingangstür zum Foyer. Eine atemlose männliche Gestalt in einem grauen Business-Anzug und Turnschuhen steuerte direkt auf sie zu. Die Person war aufgrund des spätsommerlichen Gewitterregens von oben bis unten durchnässt. Es war ein so komischer Anblick, dass Sophia sich ein kurzes Lachen nicht verkneifen konnte. Marcel sah ihr jetzt unverblümt in die Augen. Er war komplett außer Atem.

„Ich hatte noch eine wichtige Konferenz und hab's deshalb nicht zu deinem Konzert geschafft. Das letzte Taxi in meiner Straße ist mir vor den Augen davongefahren. Also bin ich hierhergelaufen. Gelaufen, verstehst du! Und das trotz des schlechten Wetters."
Sie war erstaunt und erfreut, Marcel nun wider Erwarten doch noch zu treffen. Dennoch, ehrlicherweise hatte sie sich ihr Wiedersehen anders vorgestellt. Irgendwie romantischer. Unsicher blickte sie ihn an.

„Sie scheinen Ihre Meinung zu klassischer Musik inzwischen geändert zu haben?" Ihr war gerade nichts Besseres eingefallen zu fragen.

„Lassen wir solche Spielchen, Sophia. Ich bin da, um Sie, Dich zu fragen, ob wir zusammen noch was trinken gehen." Aha, er stand anscheinend auf absolute Direktheit. Ohne komplizierte Mätzchen. Klare Ansage.
Sophia wusste nicht so recht, was sie darauf antworten sollte. Sicher, sie hatte sich nach einem erneuten Treffen gesehnt. Aber seine augenscheinliche Selbstherrlichkeit ließ auch nicht den geringsten Zweifel an der von ihr erwarteten Antwort. Natürlich würde sie seinem Charme erliegen und alles einfach liegen und stehen lassen, nur um den weiteren Abend mit ihm zu verbringen. So, wie es vermutlich alle seine Büromiezen und Tussen bis jetzt getan hatten. Einschließlich Sophias unsympathischer Kontrahentin Diana. Diese Tatsache machte Sophia gerade launig.
Sie war deshalb kurz davor, ihm eine sarkastische, schnippische Abfuhr zu erteilen. Seltsamerweise konnte sie es nicht. Etwas Undefinierbares hielt Sophia davon ab. Doch sie musste keine Antwort geben. Noch bevor sie sich eine Retourkutsche ausgedacht hatte, wurde sie von ihm bereits am Arm gepackt und abgeführt.

Die beiden verbrachten die restlichen Stunden des Abends in einem der schicksten und teuersten Restaurants der Stadt. Der mit Marcel allem Anschein nach bestens bekannte Besitzer des exklusiven Lokals kam nach ihrem Eintreffen sofort an den Zweiertisch. Trotz später Stunde servierte er dem jungen Paar höchstpersönlich einige Amuse-Gueule.
„Du scheinst öfters hier zu speisen?" Provozierend schaute Sophia ihn an.
Doch Marcel lachte ungeniert.
„Naja, als vielbeschäftigter, alleinstehender Scheidungsanwalt ist Kochen nicht so mein Ding. Das überlasse ich lieber den Sterneköchen. Und selbstverständlich den ge-

schätzten Hausfrauen." Spitzbübisch schaute er sie an. Dabei erinnerte er sie schmerzlich an Tom. Derselbe neckische Blick. Allerdings auf der Basis eines völlig überflüssigen Inhalts. Schon wieder blitzte seine antifeministische Machoseite auf.

„Na, wenn das so ist, dann kannst du dir ja vorstellen, dass es als Künstlerin, die um die ganze Welt reist, um meine Kochkünste ebenfalls nicht gerade gut bestellt ist." Bravo, Sophia, triumphierte sie innerlich. Das war augenscheinlich nicht die Antwort, die er erwartet hatte. Keinesfalls wollte sie ein weiteres seiner schwerverliebt-verblendeten harmlosen Frauchen sein. So wie diese primitive Diana.

„Der Rotwein ist wirklich vorzüglich und das flambierte Scampi-Spießchen passt perfekt dazu", meinte sie dann aber einlenkend.

„Freut mich, wenn's dir schmeckt, Süße." Ganz Gentleman, schenkte Marcel ihr möglichst unauffällig ständig nach. Es war bereits ihr drittes Glas des schweren Rotweins. Und es wäre gelogen zu behaupten, dessen entspannende Wirkung auf Sophia bliebe unbemerkt. Sie begann, hemmungslos und ohne ersichtlichen Grund vor sich hinzukichern.

Marcel spürte, dass er sie jetzt soweit hatte. Schnell kramte er aus seinem Anzugjackett zwei Papierzettel hervor und legte sie vor sich auf den Tisch.

„Hör mal, Sophia. Das sind unsere Flugtickets nach Preveza. Ich besitze auf der griechischen Insel Lefkada eine kleine Villa mit sensationellem Blick auf das Ionische Meer. Dort möchte ich dich gerne näher kennenlernen!" Abermals klang seine Erklärung eher wie ein Befehl denn eine Bitte.

„Lefkada? Nie gehört." Sie schluckte kurz. „Und was ist, wenn ich nein sage?", gab sie provokant zurück.

„Das wirst du nicht tun, Sophia. Du weißt das und ich weiß das. Wozu also diese unnötigen Zickereien?" Marcel war sich absolut sicher, dass er Recht hatte. Er hob ihren Kopf leicht an, beugte sich zu ihr hinüber und küsste sein verdutztes Gegenüber direkt auf den Mund. In ihrem beschwipsten Zustand fiel ihr keine Gegenwehr ein. Alles, was geschah, war gerade so neu und prickelnd. Mit Entzücken erfasste Marcel Sophias Gemütszustand. Schnell bezahlte er und führte sie zum bereits wartenden Taxi.

Sie erwachte am nächsten Morgen besonders früh. Es begann gerade erst zu dämmern. Im ersten Moment konnte sie die Situation nicht richtig einschätzen. Wo war sie eigentlich? In einem der vielen Hotelzimmer, in denen sie auf ihren Konzertreisen jeweils nächtigte? Doch dann fiel ihr Blick auf den riesigen Spiegel an der Decke über ihr. Schlagartig kam ihr alles wieder in den Sinn. Vor Scham errötete sie bis unter die Haarwurzeln.
Oh nein, wie peinlich. Neben ihr im überdimensionalen Doppelbett schlief Marcel tief und fest, die dünne Bettdecke lose über seinen nackten Po geworfen. Auch sie war einzig mit ihrem winzigen schwarzen Spitzentanga bekleidet. In Ansätzen konnte sie sich noch an die letzte Nacht erinnern. Ungeniert waren sie beide in Marcels sündhaft teurer Penthousewohnung übereinander hergefallen. Bei allem peinlichen Berührtsein - sie musste zugeben, dass ihr diese unbekannte, gierige Art des Liebens sehr wohl gefallen hatte. Der Gedanken an die letzte Nacht rief bei ihr ein Kribbeln durch den gesamten Körper hervor. Noch jetzt überkam sie dieser unglaublich lustvolle Schauder, wenn sie nur daran dachte. Es war das erste Mal seit Toms Tod gewesen, dass sie sich wieder auf ein männliches Wesen eingelassen hatte.

Und dann auch noch in Form eines heftigen One-Night-Stands. Das war doch normalerweise nicht ihre Art.

Rasch schnappte Sophia sich ihr Smartphone, klaubte sämtliche ihrer achtlos hingeworfenen Kleidungsstücke vom Boden und verschwand damit in Richtung Badezimmer. Ihr Display blinkte ihr bereits auffordernd und bedrohlich entgegen. Die WhatsApp Nachrichten ihrer besten Freundin und Mitbewohnerin lauteten:
 Alex, 0.00 Uhr: „Hallo, Sophia, wo bist du? Bitte ruf mich an, Emoji."
 Alex, 2.00 Uhr: „Hey du, wo bist du? Wann kommst du denn heim? Ruf mich bitte zurück!"
 Alex, 5.00 Uhr, bei weitem weniger freundlich: „Mann, wenn du mich in einer halben Stunde nicht zurückrufst, gehe ich zur Polizei. Ich schwöre es dir, Sophia! Ich will dich nicht kontrollieren. Das weißt du. Aber sich einfach nicht zu melden, ist sonst nicht deine Art. Ich mache mir langsam echte Sorgen! Also ruf mich gefälligst an!!! Hörst du!"

Zaghaft schaute Sophia auf die Uhr. 6.20 Uhr. Eilig griff sie sich ihre Handtasche und verließ so leise sie konnte die luxuriöse Wohnung.

Kaum an der frischen Luft, wählte sie Alex' Nummer.
 „Sophia? Wo bist du denn, Mensch?", schallte es ihr bereits in höchstem Maße vorwurfsvoll entgegen.
 „Wenn du gleich ins ‚Dinatalia' kommst, erkläre ich dir alles."
Die Frauen verabredeten sich auf 7.00 Uhr in ihrem Lieblings- Frühstückscafé.

Als Sophia kurz vor dem vereinbarten Zeitpunkt dort eintraf, saß Alex schon an einem der stylischen Zweier-Hochtischen, einen Café Latte vor sich stehen. Beleidigt und neugierig zugleich schaute ihr die beste Freundin entgegen.

„Na, was hast du zu deiner Verteidigung zu sagen? Bist du gekidnappt worden, oder was?", entrüstete sich Alex ohne Umschweife.

„Seltsam, dass ich in meinem Alter noch jemandem Rechenschaft ablegen muss", dachte Sophia amüsiert. Und das nicht einmal meinen Eltern. Doch ihr war bewusst, dass es im Grunde bloß zeigte, welch gute Freundin sie doch hatte.
Eine, die sich im Ernstfall um sie sorgte. Und eine, vor der sie im Normalfall keine Geheimnisse hatte.

„Naja, eigentlich schon.", gab sie geheimnisvoll zur Antwort.

„Wie jetzt - eigentlich schon. Was meinst du damit? Ich hätte beinahe eine Vermisstenanzeige bei der Polizei aufgegeben." Alex empörte sich weiter über das wirre Gerede ihrer besten Freundin.

Sophia ließ sie endlich nicht länger im Ungewissen. Detailliert schilderte sie Alex die Vorkommnisse der vergangenen Nacht. Die Freundin hörte erst schweigend zu. Dann brach sie zu Sophias Überraschung in schallendes Gelächter aus. Irritiert blickte Sophia auf.

„Na, sieh mal einer an, unsere erhabene, abgeklärte Musikerin hat sich auf eine Affäre eingelassen. Noch dazu auf eine verdammt verruchte. Wurde aber auch mal Zeit!"

„Was jetzt? Du findest das okay?" Sophia stutzte perplex.

„Okay? Ich finde das großartig, nein, genial. Einfach perfekt!", triumphierte Alex.

„Wie bitte? Warum denn das? Du hast Marcel beim ersten Aufeinandertreffen doch als arroganten neureichen Chauvi bezeichnet. Als einen, der auf alle seine Mitmenschen von oben herabschaut vor Einbildung. Und einen, dem jedwede Manieren fehlen. Oder täusche ich mich da?"

„Natürlich habe ich das. Aber du bist eine junge Frau, so wie wir alle. Mensch Mädel, du hast auch mal wieder das Recht auf Spaß. Du musst ihn nicht gleich heiraten, Schatz." Belustigt schaute Alex ihre Freundin an. „Er ist vielleicht nicht Mr. Perfect. Aber immerhin hat es dieser Hottie geschafft, dich, naja, sagen wir mal, aus deiner Reserve oder eher, deinem Panzer, zu locken. Genau das tut dir gut. Du solltest dich jetzt mal sehen, Schatzi. Deine Augen glühen vor lauter Verliebtsein. Und du wirkst richtig gelöst heute. Richtig befreit."

Sichtlich mitgenommen begann Sophia zu schniefen. Eilig öffnete sie ihre Handtasche, um ein Taschentuch zu suchen. Stattdessen beförderte sie einen kleinen zerknitterten Zettel hervor.

„Oh Gott - habe ich völlig vergessen. Das Flugticket nach Griechenland.", stotterte sie entsetzt.

„Was? Flugticket? Er hat dich nach Griechenland eingeladen?" Ungläubig schüttelte Alex den Kopf.

„Zusammen auf Urlaub? Jetzt schon? Kann ihm wohl gar nicht schnell genug gehen. Na prima. Du hast jetzt eh deine mehrwöchige Konzertpause. Oder täusche ich mich?" Sie umarmte ihre innigste Freundin aufmunternd. Vor lauter Freude drückte sie ihr noch ein Küsschen auf die Wange.

„Du willst damit doch nicht sagen, dass ich dieses unmoralische Angebot tatsächlich annehmen soll?", entrüstete sich Sophia.

„Das hast du im Prinzip schon längst getan. Wilder als letzte Nacht, kann es dort ja auch kaum zugehen. Weißt du was: Genieße einfach dein Leben, Sophia."
Sprachlos hatte sie Alex' Ausführungen zugehört. Sie musste einen ausgesprochen bemitleidenswerten Eindruck gemacht haben die letzten Monate beziehungsweise Jahre. Ausgerechnet Alex, die im Grunde biederste und spießigste ihrer drei besten Freundinnen riet ihr zu dieser Affäre. Ein Wunder war geschehen.

Sophias Gedanken drifteten im ‚Dinatalia' plötzlich weit ab. Mit einem Schmunzeln musste sie an Alex' letzte Männerbekanntschaft Martin denken. Er war ein feiner, gutmütiger Kerl gewesen. Allerdings auch ein äußerst konfuser und tollpatschiger. Weil er sich bei den Verabredungen mit Alex jeweils um ein paar Minuten verspätet hatte, war er bei der peniblen Freundin bereits nach dem dritten Date in Ungnade gefallen. Doch es war noch schlimmer gekommen. Beim großen Familientreffen mit Kind und Kegel aus Australien und Deutschland, zu dem gnadenhalber auch Martin eingeladen worden war, hatte er das Fass zum Überlaufen gebracht. Erhobenen Hauptes war er ohne den vorher abgesprochenen Blumenstrauß für die Gastgeberin aufgetaucht. Während Alex' Mutter eifrig bemüht gewesen war, dem zerknirschten Schwiegersohn in spe zu versichern, dass so ein Missgeschick doch jedem passieren könne, schmollte seine Freundin beleidigt. Sie konnte ihm diesen Fauxpas nicht vergeben. Obwohl er wie ein begossener Pudel extra in seine Wohnung zurückgefahren war, um die Situation noch zu retten, hatte Alex bei seiner Rückkehr an Ort und Stelle Schluss mit ihm gemacht. Strauß hin oder her. Da kannte sie kein Pardon. Ihr subjektives Maß an Toleranz war damit vollends aufgebraucht gewesen.

Nach ihrem Gespräch fuhren die Freundinnen mit der U-Bahn zurück in die gemeinsame Wohnung. Aufgrund von starken Kopfschmerzen und ihrer Übelkeit wegen des übermäßigen Alkoholkonsums legte Sophia sich sofort ins Bett. Sie hatte einen schier unerträglichen Kater. Mehrmals musste sie sich in die Kloschüssel übergeben.
Ein paar Stunden später klingelte es an der Wohnungstür. Das registrierte Sophia im Halbschlaf. Kurz darauf klopfte es ungeduldig an ihre Zimmertür. Alex steckte den Kopf herein und streckte ihr lachend einen riesigen Strauß langstieliger roter Rosen entgegen. In null Komma nix war sie mit einem knappen
„Es sind exakt 28 Rosen. Der Rosenkavalier scheint es ernst zu meinen." wieder draußen.
Verblüfft rappelte sich Sophia hoch. Auf der beigelegten Karte las sie:
„Für jeden Tag, seit ich dich das erste Mal gesehen habe, eine Rose. Und nicht vergessen: Flug in zwei Tagen, 1. August, Business Class. Erwarte dich am Lufthansa-Schalter. Gib mir per WhatsApp oder SMS ein kurzes ok, Marcel Tel.: 0799/13766."

Das war wiederum süß von ihrer neuen Bekanntschaft. Marcel hatte also auch eine weniger unverschämte Seite. Eine, die sie sich wünschte, aber bisher leider noch nicht kennengelernt hatte. Dennoch war es beruhigend zu erkennen. Besonders, da Sophia gerade im Begriff war, sich blindlings zu verlieben.

Rasch warf sie einen Blick auf das Ticket auf ihrem Nachttisch. Das Abflugdatum war tatsächlich der 1. August. Also schon in zwei Tagen.

Sophias verbleibende Zeit bis zu dieser sonderbaren Reise war dominiert von Fragen ohne Antworten, die ihr willkürlich durch den Kopf geisterten.
Was sollte sie von Marcels unkonventionellem und unmoralischen Angebot halten? War es tatsächlich ratsam, mit einem völlig Fremden gleich einen gemeinsamen Urlaub zu verbringen? Gut, er hatte einen einwandfreien Ruf, beziehungsweise Familiennamen. Doch woher hatte Marcel ihre Handynummer? Naja, im Zeitalter der Social Media wäre das vermutlich recht leicht ausfindig zu machen. Obwohl, eigentlich betrieb sie in den sozialen Kanälen nur eine einzige offizielle und von ihrem Vater betreute Seite. Und das als Künstlerin und nicht als Privatperson. Sophia war hin- und hergerissen zwischen leichter Wut, Misstrauen und Versuchung. Ihr Kopf ließ ihr keine Verschaufpause. Bald überwog wieder dieser unbändige Zorn.
Was war das für eine Behandlung durch ein männliches Wesen? Schließlich war sie nicht irgendein dahergelaufenes verknalltes Flittchen, das auf Befehl einfach gehorchte. Was glaubte dieser Pascha eigentlich? Sie fühlte sich als eine selbständige und selbstbewusste junge Frau. Warum rief er sie nicht an, sagte ihr was Nettes und besprach die Sache direkt und in Ruhe mit ihr? Wie ein erwachsener Mann eben. Noch besser: Warum gestand er ihr nicht seine Verliebtheit? Oder war das Ganze vielleicht doch nicht mehr als ein hinterlistiges Spielchen mit falschen Karten? Mysteriös.

Andererseits: Was hatte sie zu verlieren? Eventuell war es einen Versuch wert. Die letzten drei Jahre waren schließlich kein Honiglecken für sie gewesen. Vor allem, was den privaten Bereich anlangte. Und selbst wenn dieser verrückte Trip nur etwas Abwechslung, einen kurzen Ausbruch aus ihrem Musikeralltag, bedeutete: Er würde ihr bestimmt guttun.

All diese Gedankengänge ließen Sophia an diesem Tag nicht zur Ruhe kommen.
Eine Überlegung setzte sich besonders fest und quälte sie: Wäre eine unmoralische Affäre oder gar eine neue Beziehung nicht auch ein Verrat an Tom? Eine Illoyalität ihrem früheren Lebensmenschen gegenüber?

Am frühen Abend klopfte es erneut an Sophias Zimmertür. Alex brachte ihr eine heiße Tasse Tee und setzte sich an ihr Bett.
„Wie geht es dir?", fragte sie besorgt.
„Naja, geht so. Nicht besonders prickelnd, weißt du."
Sophia war lieber ehrlich. Alex hatte gute Sensoren. Ihr konnte sie sowieso nichts vormachen. Sie weihte ihre Freundin in ihre Sorgen und Ängste ein. Daraufhin meinte diese wahrheitsgemäß:
„Ich kann dich und deine Bedenken verstehen, Sophia. Auf der einen Seite. Aber schau mal, das Leben ist kurz. Wir sind jung. Wir haben die Chance, noch einiges zu erleben. Wenn wir sie nutzen. Und besonders du hattest es nicht leicht die letzte Zeit." Nach einer kurzen Atempause setzte sie fort:
„Tom war etwas Besonderes. Da gebe ich dir Recht. Und klar, ihr hattet eine wunderbare Lebensphase zusammen. Aber Tom ist tot. Und du solltest in Zukunft nicht jeden Mann mit ihm vergleichen." Als Sophia sie zweifelnd ansah, fuhr sie überzeugend weiter.
„Gib dem Leben wieder eine Chance. Wenn das jetzt nur ein Abenteuer ist: Ok, who cares? Du hast nichts zu verlieren, denke ich.". Diese Überlegung kannte Sophia schon. Von sich selbst. Und wenn sogar Alex dieser Meinung war.
„Und vergiss nicht: Tom wäre der erste, der sich auf ein Abenteuer und Experimente eingelassen hätte. Immer!

Unabhängig von deren Ausgang.", beendete sie ihre Sicht der Dinge.
Nun, dagegen gab es keine Gegenargumente mehr. Es stimmte schlicht und einfach.

Nichtsdestotrotz überkam Sophia in den folgenden Stunden immer wieder eine unkontrollierbare Wut, wenn sie an Marcels Selbstherrlichkeit dachte. Er war es in der Vergangenheit gewohnt gewesen, einfach mit dem Finger zu schnippen und schon gehorchte sein Hofstaat. Zumindest der weibliche. Sophia wurde sich von Minute zu Minute sicherer. Sie würde sich selbstverständlich nicht auf diesen zwielichtigen Deal einlassen. Konnte Alex sagen, was sie wollte. Tief im Inneren war Sophia überzeugt, dass ihre Freundin an ihrer Stelle auch so handeln würde. Egal, was sie ihr gesagt hatte. Tugendhaft. Alex hatte für sich diese strengen Prinzipien. Doch je mehr Sophia versuchte, nicht an ihre neue Bekanntschaft und deren verlockendes unmoralisches Angebot zu denken, desto weniger gelang es ihr.

## Fünftes Kapitel

Eine Stunde später hatten ihn die ersten Sonnenstrahlen des Tages aufgeweckt. Überrascht sah Marcel, dass die Bettseite neben ihm leer war. Sie hatte seine Wohnung also bereits in aller Herrgottsfrühe verlassen. Vielleicht war es ihr peinlich gewesen, sich in betrunkenem Zustand auf einen One-Night-Stand eingelassen zu haben. Es war in der Tat schwer für ihn, Sophias Beweggründe in dieser Sache nachzuvollziehen oder gar zu durchschauen.
Was er für gewöhnlich auch gar nicht erst versuchte. Das Seelenleben seiner ‚Freundinnen' war ihm bisher redlich egal gewesen. Überhaupt hatte er sich äußerst selten auf eine ernsthafte, längere Beziehung eingelassen. Beziehungsweise auf eine, die diesen Namen verdiente.
Das Problem war, dass es ihm generell schwerfiel, Menschen zu vertrauen. Außerdem hasste er das Gefühl, in irgendeiner Form von irgendjemandem abhängig zu sein. Gar von einer Frau.
Keinesfalls wollte er sich emotional allzu sehr auf einen Menschen einlassen. Selbst wenn dieser jemand so vertrauenswürdig, um nicht zu sagen, so gutgläubig war, wie diese Sophia. Ihre kratzbürstige Art war reine Kosmetik. So viel hatte er in der Zwischenzeit durchschaut. In seinen Augen war sie zwar intelligent, gleichzeitig aber auch eine recht arglose Person. Um nicht zu sagen, in Liebesdingen etwas naiv. Oder unerfahren. Das ahnte er zumindest.
Seltsamerweise begann er in diesem Fall jedoch, genauer zu überlegen.
Diese Geigerin hatte mehr in ihm ausgelöst, als ihm lieb war. Und ja, er wollte diesen Urlaubstrip mit ihr unbedingt machen. Auch nicht wie sonst ausschließlich, um wieder mal eine angenehme Auszeit mit einem schönen weiblichen We-

sen zu verbringen. Sondern tatsächlich, um diese geheimnisvolle Frau kennenzulernen. Beinahe erschrocken über diese Erkenntnis, überlegte er sich die nächsten Schritte in dieser delikaten Angelegenheit.

Marcel war bewusst, dass sich die oberflächlich schlagfertige, intellektuelle Künstlerin weder von ihm als Anwalt mit einer gewissen Macht noch von seinem luxuriösen Lebensstil so leicht beeindrucken ließe.
Und keinesfalls durfte sie sich seines wahren Interesses sicher fühlen. Das würde ihn in ihren Augen vermutlich langweilig und durchschnittlich machen. Stinknormale Verehrer hatte diese hübsche Frau aufgrund ihrer Popularität mit Sicherheit schon genug.
Es bedurfte seiner Einschätzung nach eines cleveren Tricks, sie aus ihrer kühlen Reserve zu locken und sie für ihn zu begeistern. Nach einigem Grübeln hatte er die passende Idee.

Marcel schaute nervös auf seine Luxusuhr: 1. August, 10.00 Uhr, Franz Josef Strauß Flughafen München, Flugschalter Lufthansa. In zwei Stunden ist Abflug. Doch weit und breit keine Sophia. Auf seine Aufforderung vom frühen Morgen, ihm ein kurzes „ok" zu schreiben, war sie nicht eingegangen. Nichts – nada. Es schaute schlecht für ihn aus. Verdammt nochmal! Vermutlich hatte er zu hoch gepokert.

Der gutaussehende, dunkelhaarige Münchner Staranwalt in lässiger Jeans und weißen Marken-Sportschuhen hatte bis zum letzten Aufruf am Gate gewartet mit dem Boarding. Doch nun war es endgültig Zeit, sich durch den Korridor zum Flugzeug zu begeben, wollte er den Flug nicht verpassen. Seine Enttäuschung über Sophias Nichterscheinen war so immens, dass er sich wie ferngesteuert auf den Weg in

Richtung Kabine machte. Zur Belustigung einiger Mitreisender stolperte er dabei über seine eigenen Füße vor lauter Unaufmerksamkeit.

Die Türen des Fliegers wurden bereits geschlossen. Jemand hatte sich auf den letzten Drücker noch hereingedrängt. Diese Person wurde von der Stewardess unwirsch am Eingang begrüßt und möglichst unauffällig zum Platz begleitet.

„Hallo, Marcel. Bin ich etwas spät? Das tut mir aber schrecklich leid. Weißt du, ich hab's heute einfach nicht früher geschafft." Sophias Tonfall war zuckersüß. Gleichzeitig allerdings auch von unüberhörbarem, beißendem Sarkasmus. Unschuldig schaute sie ihn an und zuckte mit den Schultern.

Absolut verführerisch stand sie im engen Gang des Flugzeugs. Sie trug ein kurzes, geblümtes Sommerkleid mit schmalen Spaghettiträgern.

Er war so perplex über ihr plötzliches Erscheinen, dass es ihm komplett die Sprache verschlug. Währenddessen zwängte sie sich schnell auf den Sitz neben ihm.

„Bäähm! Dem habe ich's aber gegeben! Eins zu null für mich, mein Lieber!", dachte sie zynisch. Sie war gerade unglaublich zufrieden mit sich selbst. Dem hatte sie mit dieser Überraschungsaktion sichtlich eins ausgewischt. Ganz nach Plan.

„Schön, dass du da bist, Sophia. Ich hoffe, du hast dich über meine Rosen gefreut.", antwortete er gespielt gelassen. Endlich hatte er sich wieder gefangen.

„Oh, du erinnerst dich sogar an meinen Namen. Das hätte ich nicht gedacht. Und hätten wir nicht schon beim ersten Treffen kurz über diesen Flug geredet - ich hätte doch glatt geglaubt, der Strauß wäre aus Versehen bei mir gelandet. Anstatt bei einer deiner zahlreichen anderen Geliebten."

Wieder war ihr Gegenüber sprachlos. Nein, mehr noch. Marcel war baff. Er hatte sich wohl doch getäuscht, was ihre Leichtgläubigkeit betraf. Irgendwie schade, aber eben auch reizvoll. Und im Moment zwei zu null für Sophia.

Mit der Zeit dämmerte es ihm. Marcel kapierte langsam. Er hatte sein Ziel längst erreicht. Sophia war zwar wütend auf ihn. Stinkwütend. Aber wenn sie nicht Interesse an ihm hätte, und zwar echtes Interesse, wäre diese stolze und störrische Frau niemals hier aufgetaucht. Auch nicht in buchstäblich letzter Sekunde.

Marcel musste sich bemühen, sich nichts von seinem Triumph anmerken zu lassen. Er versuchte, ausschließlich innerlich zu jubeln. Nach außen spielte er den Ahnungslosen. Denn noch mehr Verärgerung ihrerseits wäre aller Wahrscheinlichkeit nach gefährlich für ihn gewesen. Sophia konnte vermutlich auch ihre Krallen ausfahren. Im Extremfall eventuell sogar zur Furie werden. Besser also, er ließ sie in dem Irrglauben, einen kleinen Sieg über ihn errungen zu haben.

Den etwas mehr als zweistündigen Flug verbrachten die beiden im Waffenstillstand. Als die Stewardess der Business-Class ihnen zwischendurch ein Glas Champagner anbot, zwinkerte Marcel ihr charmant zu. Sophia und er stießen friedlich auf einen ‚angenehmen Urlaub' an. Dabei sparten sie das Wort ‚gemeinsam' bewusst aus.

Am kleinen Flugplatz in Preveza wartete das vorbestellte Taxi schon auf seine Herrschaften.

„Kaliméra, Kýrie Hohenberg.", wurde Marcel respektvoll begrüßt. Der griechische Taxifahrer konnte weder Englisch noch Deutsch. Während der holprigen Fahrt über die

schlecht asphaltierte Straße, durch Schlaglöcher und entlang von spektakulären Serpentinen zeigte er öfter auf das türkisfarbene Wasser. Es begleitete sie wie ein enger Freund ständig auf einer Seite der Küste.
Sophia war neugierig, was sie wohl erwarten würde. Bestimmt eine dieser modernen stylischen Glaspalast-Villen mit Infinity-Pool, einer Außenküche mit Gasgrill und weißen Lounge-Möbeln. Eine Yuppie-Behausung eben. Etwas anderes wäre unvorstellbar.

Der Weg führte der Meeresküste entlang und schließlich auf die ausrangierte alte Fähre, die als Brücke vor Anker lag. Sie diente seit etlichen Jahren als Verbindung der kleinen ionischen Insel mit dem Festland. Die griechische Sonne tauchte den Hafen von Lefkada-Stadt mit seinen Segelyachten als Willkommensgruß in ein goldenes Licht.
Sophia kam bei diesem Anblick unweigerlich ins Staunen. Mehr noch: Sie überkam ein ungeheures Glücksgefühl. Eine innere Ruhe, wie selten zuvor im Leben. Sie war so überwältigt, dass ihr ein wohlwollender Seufzer entfuhr.

Marcel beobachtete seine weibliche Begleitung zufrieden. Natürlich hatte er ihr Entzücken zur Kenntnis genommen.
„Gefällt dir die Insel, Sophia?", fragte er. Aufmerksam betrachtete er seine Begleitung. Natürlich wusste er um die magische Wirkung dieses griechischen Landstrichs.
Besonders beim allerersten Besuch. Doch auch nach so vielen Jahren war Marcel selbst jedes Mal erneut übermannt von der unglaublichen Schönheit der kleinen Insel. Er liebte sie richtiggehend.
Sophia nickte ehrfürchtig auf seine Frage. Gefallen war kein Ausdruck. Sie war völlig platt. Das war auch nicht zu übersehen. Ihr Gesicht glühte vor Freude.

Marcel war verwundert. War das tatsächlich die gleiche emanzipierte Person, die vor ein paar Stunden noch kaltblütig Rache an ihm genommen hatte? Oder zumindest hatte nehmen wollen? Kaum zu glauben. Diese Frau schien unglaublich viele Charakterseiten zu haben. Genauso wie er selbst.
Schon jetzt mochte er die kindlich-naive, unschuldige Art, ihrer Begeisterung Ausdruck zu verleihen. In ihren Augen blitzte es vor Glücksempfinden. Nur zu gerne ließ er sich davon anstecken.

Nach einer weiteren dreiviertelstündigen Fahrzeit entlang der Westküste der Insel, bog der Taxilenker endlich links ab. Auf einer schmalen Steinstraße folgte er dem Hügel einige Minuten steil nach oben. Unvermittelt hielt der Fahrer vor einem großen alten Holztor. Er stieg aus und öffnete mit Mühe die knarrende Holztür. Seelenruhig stieg er wieder ein und fuhr mit Schwung die steile Einfahrt bis ganz hinauf, bevor er das Auto endgültig zum Stehen brachte.
Vor lauter Staunen blieb Sophia abermals die Luft weg. Rechts neben sich erblickte sie eines dieser traditionellen, schneeweißen griechischen Häuschen mit meerblauen Fensterläden, die sie so liebte. Das hatte sie nicht erwartet.

Dieser Mann schaffte es zugegebenermaßen, sie immer wieder sprachlos zu machen. Da es sich um eine steile Hanglage handelte, befand sich der türkisblaue Meerwasserpool nur wenige Meter unter ihnen. Zugänglich über eine einfache, steinerne Zick-Zack-Treppe. Direkt vor ihnen öffnete sich ein famoser Blick über das weite Mittelmeer bis zum Horizont. Es war einfach überwältigend.

„Darf ich vorstellen: Villa Lefkas. Schön, nicht wahr?", eröffnete Marcel das Gespräch. Vorsichtig trat er von hinten

an sie heran. Dabei berührte er leicht ihre schmale Taille und roch an ihren langen Haaren.
„Malerisch" gab sie zurück.
„Gib zu, dass ich dich positiv überrascht habe."
„Nein, du hast mich hereingelegt. Eingelullt mit dieser stimmungsvollen Insel und ihren traumhaften Farben. So wie vermutlich viele deiner Affären vor mir.". Sie konterte erneut wortgewandt. Aha, da war sie ja wieder. Das widerspenstige Weibsbild, das Marcel anziehend und abstoßend zugleich fand.
Gespielt wütend packte er sie jetzt fest von hinten, drehte sie mit Schwung zu sich herum und begann, sie leidenschaftlich zu küssen. Sophia konnte nicht anders, als sich vom romantischen Moment mitreißen zu lassen. Gierig umarmte sie ihn und grub dabei ihre Fingernägel fest in seinen Rücken.
Marcel hob sie hoch und trug sie ins Schlafzimmer. Währenddessen hörte er nicht auf, sie leidenschaftlich zu küssen. Geschickt streifte er ihr das luftige Kleid von den Schultern. Das Entblößen zelebrierte er geschickt. Er sehnte sich nach ihrem Körper. Auch Sophia streckte sich ihm auffordernd entgegen. Sie stöhnte lustvoll auf, als seine Hände und sein Mund tiefer hinunterglitten.

Nach dem Liebesakt, der dieses Mal weniger heftig, dafür umso ekstatischer ausgefallen war, lagen sie erschöpft Seite an Seite.
„Fährst du eigentlich mit allen Frauen sofort hierher, noch bevor du sie überhaupt kennst" Sophia forderte ihn abermals heraus.
Sanft hielt er ihr den Mund zu.
„Bitte, hör für einmal auf mit diesem Zynismus. Versteh endlich, Sophia: Ich sehe dich nicht als eine Affäre. Und

auch nicht als meine geheime Geliebte. Ich möchte mehr von dir. Selbst, wenn du mir das jetzt nicht glaubst."
„Genau das ist das Problem, Marcel. Ich glaube dir nicht."
Davon unbeirrt sprach er einfach weiter.
„Sicher war ich in meinem Leben bisher nicht gerade ein Musterknabe. Das gebe ich zu. Aber lassen wir die Vergangenheit ruhen. Was zählt, ist die Zukunft. Und da möchte ich dich kennenlernen. Richtig kennenlernen. Deine Schokoladenseite, wie auch deine Macken. Gib uns eine Chance, Sophia." Seine Worte klangen echt und glaubwürdig. Fast schon flehend. In dem Moment hatte Marcel in der Tat die ehrenvollsten Absichten. Das konnte er mit gutem Gewissen sagen.

Mit seinen emotionalen Aussagen verblüffte er Sophia abermals. So viel Tiefgang hätte sie niemals von ihm erwartet. Oder war das alles am Ende doch ein raffiniertes Spielchen von ihm? Noch immer traute sie ihrem ambivalenten Gegenüber nicht zu 100 Prozent über den Weg. Wie konnte es auch anders sein, hatte sie ihn bis vor kurzem als arroganten, gefühlskalten Schickimicki der Münchener Szene wahrgenommen.
Die nächsten Tage waren wunderschön. Bereits am zweiten Tag stand ein rotes Oldtimer-Cabrio Karmann Ghia bereit. Damit wollten sie die ionische Insel auf eigene Faust erkunden. Sie unternahmen einzigartige Ausflüge ins griechische Hinterland. Es war tatsächlich das ersehnte Abenteuer.

Sophias Eltern wussten, dass sie mit jenem ‚guten Freund aus der Konzert-Lobby' unterwegs war. Vorsichtshalber stellten sie keine allzu neugierigen Fragen. Ihre Tochter, die beruflich so beinhart arbeitete, hatte eine kleine Abwechslung verdient. Zudem bürgte der allseits bekannte und angesehene Name Hohenberg für Integrität und Qualität.

Alex, die Sophia zu dieser aufregenden Reise geraten hatte, freute sich bei ihren Telefonaten mit ihrer Freundin. Sie wusste, wie sehr diese während der vergangenen Monate innerlich gelitten hatte. So glücklich hatte sie Sophia seit Ewigkeiten nicht erlebt. Nichtsdestotrotz hoffte Alex, dass sie emotional nicht allzu tief in diese Beziehung eintauchen würde. Keinesfalls sollte sie erneut in einen Abgrund stürzen.

Es klang am Telefon bereits gefährlich. Sophia hatte ihr in den höchsten Tönen von Land und Leuten vorgeschwärmt. Man musste kein Hellseher sein, um zu bemerken, dass sie nicht nur die Landschaft und die Griechen gemeint hatte. Es war ein schmaler Grat, auf dem sich Sophia bewegte. Zum Glück wusste Alex nicht vollends, wie dünn das Eis bereits war. Zu Recht befürchtete sie, dass sich die sensible Sophia der möglichen Tragweite nicht bewusst war. Oder diese erfolgreich verdrängte.

Am zweiten Abend in Griechenland weihte Marcel Sophia in das streng gehütete Geheimnis um die Villa Lefkas und seinen Urgroßvater Günther ein. Auf einer seiner Geschäftsreisen nach Athen hatte der sich einst unsterblich in eine junge Griechin aus Lefkada verguckt.

„Die beiden Liebenden verbrachten über Jahre geheime Urlaube auf der Heimatinsel der schönen Griechin. Günther hatte sich nicht nur in die bildschöne Frau verliebt, sondern auch in das kleine ionische Eiland. Deshalb beschloss er, sich eine wunderhübsche Villa im Stil der Einheimischen erbauen zu lassen. Seine Zweitfrau, wie er seine Affäre gerne nannte, sollte sich mit ihm wohlfühlen. Allerdings war die

Liaison mit der Griechin mit dem klangvollen Namen Helena für meinen Uropa kein Grund gewesen, seine Ehe in der deutschen Heimat zu beenden. Im Gegenteil. Eines Tages zeigte er meiner Urgroßmutter voller Stolz seine Lieblingsinsel und auch die pittoreske Villa Lefkas. Von da an verbrachten die beiden ihre gemeinsamen Urlaube meistens dort. Wenig überraschend hatte es in besagtem Häuschen irgendwann einen verhängnisvollen Streit zwischen den rivalisierenden Frauen gegeben. Davon zeugt noch heute die zerkratzte Holztür. Und siehst du die tiefen Dellen oberhalb des Küchenschranks?" Marcel zeigte an die weiße Wand, die tatsächlich riesige Furchen aufwies.

„Die stammen angeblich von der temperamentvollen Helena, die vor Zorn mit Tassen und Tellern umherschmiss. Im Zuge des verheerenden Streits entschied sich Opa gegen seine Liebschaft und für seine Angetraute. Die Villa blieb weiterhin im Familienbesitz der Hohenbergs.", schloss er die abenteuerliche Erzählung.
Sophia lauschte der dramatischen Familiengeschichte hingebungsvoll. Einer Geschichte, die so viel vom richtigen Leben beinhaltete: Liebe, Eifersucht, zerstörte Träume, Neid und Hoffnung.

In den darauffolgenden Tagen zeigte Marcel Sophia die schönsten Plätze und Buchten entlang der Küste. Obwohl in den 40-er Jahren ein schreckliches Erdbeben viele der historischen Gebäude, darunter Klöster und Regierungssitze, zerstört hatte, besaß die Insel Lefkada immer noch einen ganz eigenen Charme. Die Häuschen waren lieblicher und bunter als anderswo und die Natur einzigartiger. Die Insel glich von der üppigen Vegetation her eher den italienischen Mittelmeerinseln. Sie war viel weniger karg als die übrigen Regionen Griechenlands. Atemberaubend waren besonders die

Blicke von den zahlreichen Aussichtspunkten der Küstenstraße aufs Meer. Von jedem dieser Flecken konnte man die herrlichen Sonnenuntergänge am weiten Horizont beobachten.

Abends führte Marcel Sophia in die urigen Tavernen der wenigen beschaulichen Orte aus. Er flüsterte ihr verliebte Worte ins Ohr, die sie zum Lächeln brachten. Marcel schaffte es, dass Sophia all ihren Kummer für eine Weile vergaß. Sie fühlte sich frei und euphorisch. Sophia lebte wieder.

Marcel war verblüfft, wie wohl und geborgen er sich in Gegenwart dieser Frau fühlte. Er hatte bisher nicht gewusst, dass er sich überhaupt danach gesehnt hatte. Es fühlte sich ungewohnt an. Wie eine richtige home-base. Zumindest jetzt in diesem Urlaub auf seiner Lieblingsinsel. Obwohl Sophia einerseits stark und emanzipiert wirkte, hatte sie andererseits eine besonders schutzbedürftige und verletzliche Seite. Marcel kam sich aufgrund seiner neuen Offenheit und emotionalen Nähe zu Sophia fast wie ein Fremder vor. Zumindest wie einer, dem er in dieser Form erst ganz selten begegnet war.

Am letzten Abend auf der Insel fragte er sie beim romantischen Dinner am Meer unvermittelt:

„Willst du zu mir ziehen, Sophia? Ich meine zuhause, in München. Du und Alex, ihr wohnt in einer so winzigen Wohnung. Und ich besitze viel zu viel Platz für mich allein."
Verblüfft sah Sophia ihn an. Er schien dieses Angebot ehrlich zu meinen.

„Bei mir könntest du in jedem Raum Geige üben. Ohne irgendjemanden dabei zu stören. Und dazu noch mit einer grandiosen Aussicht über die halbe Stadt."

„Woher weißt du denn, dass meine, also unsere Wohnung so klein ist? Und wer sagt, dass es Probleme wegen meines Geigenspiels gibt?" Sophia wurde stutzig. War Marcel Prophet? Alles, was er sagte, stimmte tatsächlich. Als hätte er ihre Gedanken gelesen, entgegnete er:

„Naja, dafür muss man kein Wahrsager sein. Außerdem hast du es mal beiläufig als Schwierigkeit erwähnt."

## Sechstes Kapitel

Nach zwei unglaublichen Wochen in Griechenland waren sie zurück in München. Eine ganze Reihe wunderschöner Erinnerungen mit im Gepäck. Niemals hätte Sophia es für möglich gehalten, nach Jahren der Trauer und des automatischen Funktionierens wieder so etwas wie Freiheit im Kopf und in der Seele spüren zu können. Doch Marcel hatte genau das geschafft. Sie war ihm dankbar dafür und ja: Sie hatte sich im Prinzip schon auf den ersten Blick etwas in ihn verknallt. Und auf den zweiten Blick wohl bis über beide Ohren in ihn verliebt. Sicher, es war nicht dieser einmalige Blitz gewesen, der sie bei der Begegnung mit Tom damals bis ins Mark getroffen hatte. Das hätte sie diesmal auch nicht zugelassen. Und zugegeben, noch herrschte nicht die gleiche Seelenverwandtschaft wie mit ihrem ersten Lebenspartner. Dennoch hatte dieser leicht arrogante, gelegentlich aber auch überaus sensible Mann von Anfang an ihr Interesse geweckt. Warum auch immer.

So wie früher verabredete Sophia sich jetzt wieder öfters zum Kaffeetrinken und Ausgehen mit ihren Freundinnen. Endlich waren sie wieder das vierblättrige, eingeschworene Frauenquartett von damals. Und natürlich erzählte sie den drei anderen haarklein von der traumhaften Insel und den romantischen Abenden mit Marcel.
„Und wie war der Sex?", fragte Allegra unverblümt. Sophia konnte nicht sofort antworten, sondern wurde puterrot. Im Zeitraffer liefen im Geiste kurze Videosequenzen ihrer sexuellen Aktivitäten mit Marcel ab. Entsprechend ließ ihr geheimnisvolles Lächeln nur eine einzige Deutung zu.
„Sieh an, das sagt dann wohl alles. Ich habe ich's doch gewusst!" Sandra war zufrieden. Sie brauchte keine Antwort

mehr auf ihre Frage. Sophias Reaktion war mehr als eindeutig.
Alle drei freuten sich aufrichtig für sie. Wahre Freundinnen eben. Besonders Alex zeigte eine ungewohnte Neugierde in Bezug auf die neue Liebe.
„Sag mal, bist du denn so richtig verliebt in Marcel?"
„Ich denke schon." Sophia grinste verschmitzt. In dem Moment war sie einfach glücklich.
„Und wie geht es jetzt weiter mit euch Turteltäubchen?"
„Weiß nicht. Mal schauen." Sophia zuckte mit den Schultern. Logischerweise war das nicht die Antwort, die Alex hören wollte.
Marcel hatte seine Freundin abermals gedrängt, zu ihm in seine großzügige Wohnung zu ziehen. Schlussendlich hatte sie seiner Bitte nachgegeben. Die WG mit Alex hatte zwar gut funktioniert. Jedoch hatte es aufgrund der geringen Dämmung des alten Stadthauses tatsächlich immer öfters Probleme mit den anderen Mietern gegeben.

Endlich hatte sie als Geigerin den nötigen Freiraum und den Platz, auf ihrem Instrument zu spielen, wann immer ihr danach war. Und vor allem, ohne dass irgendjemand sich dabei gestört fühlen konnte. Außer Marcel. Aber der zeigte größtes Verständnis. Ohnehin verbrachte er die meiste Zeit in seiner hochangesehenen Anwaltskanzlei. Die besaß eine unglaubliche Aussicht über die Skyline der gesamten bayrischen Hauptstadt. Und im Moment war dort allem Anschein nach besonders viel zu tun für den Boss des gutgehenden Unternehmens.

Marcels ‚Geschäfte' liefen im wahrsten Sinne des Wortes hervorragend. Seit Beendigung seines kurzen Urlaubs konn-

te er sich vor Aufträgen kaum retten. Die deutschlandweite Scheidungsrate war die höchste der letzten zehn Jahre. Seine Mitarbeiter und er hatten alle Hände voll zu tun. Das hatte zur Folge, dass er sich als Staranwalt endgültig nur noch den Sonntag freischaufeln konnte.
Aus diesem Grund verpasste er Sophias erste beiden Konzertreisen der laufenden Saison. Diese hatten die erfolgreiche Musikerin nach Berlin und Hamburg geführt. Mit im Gepäck das Brahms-Violinkonzert. Wie üblich wurde die Virtuosin von ihren Eltern begleitet und betreut. Alfred fungierte nach wie vor mit vollem Engagement als Manager der berühmten Tochter.

Letztendlich hatten sich beide Elternteile entzückt gezeigt von der Partnerwahl ihres einzigen Kindes. Marcel war zweifellos eine gute Partie. Schon bei der ersten Begegnung mit Lena und Alfred ein paar Wochen zuvor hatte er sich als überaus charmant und wortgewandt erwiesen. Lena wurde in galanter Manier ein riesengroßer Blumenstrauß überreicht. Für Alfred hatte er auf Sophias Rat hin eine Whisky-Rarität besorgt, die schon aufgrund ihres Preises gehörig Eindruck geschunden hatte.

Marcel kam Sophias Konzertieren außerhalb Münchens in Wahrheit äußerst gelegen, war er doch ohnehin ein Klassik-Banause. Auf diese Weise musste er sich nicht verstellen. Und etwa falsches Interesse am Musikerdasein seiner Freundin heucheln. Wenn er ehrlich war, dachte er nicht einmal im Traum daran, in naher Zukunft diesbezüglich irgendetwas zu ändern.

Sophia hingegen versuchte sehr wohl, sich ein Bild zu machen von dem, was ihr Freund beruflich tat. Gespannt wohnte sie eines Nachmittags einer seiner Gerichtsverhandlungen bei. Marcel selbst hatte sie dazu eingeladen. Er war stolz auf sein anspruchsvolles juristisches Tätigkeitsfeld. Sie, die bekannte Violinistin, sollte nun einmal mit eigenen Augen sehen, wie anstrengend es war, in seinem Beruf Ruhm und Erfolg zu haben.

Im aktuellen Fall ging es einerseits um das Sorgerecht für das gemeinsames Kind eines jungen Paares, andererseits um die finanziellen Vereinbarungen der getrennten Eheleute. Marcel vertrat den männlichen Mandanten, der als Lokalpolitiker gerade dabei war, sich einen Namen zu machen. Eine Scheidung war da nicht besonders willkommen.

Die Art und Weise, wie gekonnt und kaltblütig Marcel die junge Frau im Verhör befragte und in die Enge trieb, brachte Sophia allerdings zum Staunen. Diese unmenschliche und berechnende Seite hatte sie bisher nicht in vollem Umfang an ihm wahrgenommen.

„Sie haben ihre zehnjährige Tochter an besagtem Abend also allein gelassen, um mit ihren Freundinnen mal wieder ausufernd feiern gehen zu können, richtig?" Es klang rein rhetorisch aus Marcels Mund und war wohl gar nicht erst als Frage gedacht. Verzweifelt stand die junge Frau im Gerichtssaal. Sie war Marcels heimtückischer Rhetorik hilflos ausgeliefert.

„Nein, bitte. Ich war nicht lange weg. Eigentlich war ich nur kurz in der Nachbarwohnung. Und ich habe auch gar nichts getrunken.", versuchte die bemitleidenswerte Mutter völlig vergeblich, sich zu rechtfertigen und zu verteidigen.

„Hören Sie, gute Frau, es geht hier doch nicht um irgendeine Länge. Beantworten Sie meine simple Frage. Und zwar mit einem glasklaren ‚Ja' oder ‚Nein'. Also: Ließen Sie ihr schutzloses Kleinkind mutterseelenallein? Oder mit anderen Worten: Waren Sie an jenem verhängnisvollen Abend außerhalb der eigenen vier Wände. Ja oder nein?"

„Ja, aber...", setzte die von einem restlos überforderten jungen Pflichtverteidiger vertretene Noch-Ehefrau erneut aussichtslos an. Der junge Jurist war sichtlich überrumpelt von der Härte und Skrupellosigkeit der Verhandlungsführung.

„Keine weiteren Fragen, Euer Ehren.", unterbrach Marcel sie mitleidlos. Sein unsympathischer, schleimiger Mandant lächelte süffisant dazu. Tja, das sah wohl überaus gut für ihn aus.

Vor Empörung schäumend und angewidert verließ Sophia nach der Urteilsverkündung den Gerichtssaal. Niemals hätte sie selbst so eiskalt agieren können. Das war nichts als eine unwürdig schmutzige, diffamierende Dreckskampagne gegenüber einer chancenlosen Gegenpartei gewesen. Wie konnte Marcel nur.
Zuhause ließ Sophia ihrer Wut freien Lauf. Sie konfrontierte ihren Freund unmittelbar mit aus ihrer Sicht berechtigten Vorwürfen. Doch der lachte nur achselzuckend:

„Mach dich doch nicht lächerlich, Sophia. Das war reinste Routine. Sei bitte realistisch: So sieht ein ergebnisorientierter, erfolgreicher Juristen-Arbeitsalltag eben aus."

„Na, da bin ich ja heilfroh, dass mein Musikerinnen-Arbeitsalltag erfreulicher verläuft. Und weniger ergebnisorientiert.", entgegnete sie ironisch und mit eindeutiger Betonung auf ‚ergebnisorientiert'.

„Du gefällst mir nicht als Mutter Theresa, Sophia. Auf Lefkada warst du jedenfalls nicht so heilig. Und auch nicht so eine fürchterliche Emanze".

„Mir tut diese nervlich völlig fertige Frau so schrecklich leid, weißt du.", meinte Sophia etwas versöhnlicher. Sie fühlte sich schon seit einiger Zeit erschöpft und ausgelaugt. Das häufige Konzertieren brachte erhebliche Strapazen mit sich. Ihr war absolut nicht danach, unnötigen Beziehungsstress heraufzubeschwören.

„Ich versteh dich ja, Babe." Doch es klang aus Marcels Mund eher zynisch denn überzeugt.

„Allerdings mische ich mich auch nicht in deinen Berufsalltag ein. Von dem ich zugegebenermaßen ebenso keine Ahnung habe, wie du von meinem Juristendasein." Zerknirscht und resigniert nickte Sophia zu seinen Worten. Dann fügte er hinzu:

„Weißt du was, ich habe eine glorreiche Idee: In Zukunft hältst du dich raus aus meinem Job und ich mich aus deinem, ok?"

Ja, das war bestimmt die beste Lösung. Und er hatte Recht, wenn er sagte, sie hätte im Prinzip keinen Schimmer von seiner juristischen Tätigkeit. Geschweige denn vom gängigen Juristenjargon, der doch im Allgemeinen unbarmherzig sei.

„Ok.", antwortete sie deshalb erleichtert. Eilig schlang sie ihre Arme um seinen Hals. Er küsste sie beinahe aggressiv und öffnete gleichzeitig hastig den Reißverschluss seiner Anzughose. Schnell streifte er ihr das T-Shirt von den Schultern und öffnete die Knöpfe ihrer Jeans. Dann drehte er sie mit einem Ruck herum und stieß sie gegen die Wand. Sie war so verblüfft, dass sie ohne Gegenwehr blieb. Erregt kam er sofort zur Sache, noch bevor sie richtig zur Besinnung kam. Als er meinte, sie ebenfalls vor Lust aufstöhnen zu hören, wurde er immer heftiger. Solange, bis er endlich seinen Höhepunkt erreichte.

„Na, geht's jetzt wieder besser, Schatz?", lachte er danach erschöpft und zufrieden.

„Schon." Es stimmte ja. Zum Teil jedenfalls.

Verwirrt sah sie ihrem Freund dabei zu, wie er sich blitzschnell wieder ankleidete. Also gab es auch jetzt kein Kuscheln.

„Wohin gehst du denn noch?" Ihr Fragen klang beinahe ängstlich.

„Ich muss nochmal kurz ins Büro. Meine Akten studieren für die Gerichtsverhandlung morgen Früh. Die ist genauso wichtig wie die heutige. Leider. Ich bin in einer knappen Stunde wieder daheim." Damit gab er ihr ein Küsschen auf die Wange. Dann machte auf dem Absatz kehrt und zog leise die Wohnungstür hinter sich zu.
Eine seltsame Leere blieb zurück.

Es vergingen einige Monate ohne nennenswerte Vorkommnisse. Marcel war mit allerlei Juristenkram eingedeckt. Ihm blieb nach wie vor nur knappe Freizeit für sein Privatleben. Doch das war er in seinem bisherigen Alltag gewöhnt. Schließlich war er bis vor kurzem mehr oder weniger ausschließlich von seinem Beruf in Beschlag genommen worden.
 Wenn Sophia zuhause allzu melancholisch wurde, dachte sie an ihren gemeinsamen Urlaub in Lefkada zurück. Eine Zeit mit richtig großen Emotionen. Sie wusste zum Glück genau: Es ist nur eine Frage der Zeit, bis sie mit Marcel wieder dorthin reisen würde. Daran hielt sie sich fest.

An einem Samstagnachmittag im November lernte Sophia Marcels Mutter kennen. Sie war eine typische Stadtdame mit adrettem, blond gefärbtem Bob. Ihr ausdrucksstarkes, leicht faltiges Gesicht erzählte noch deutlich von ihrer einstigen Schönheit. Soviel Sophia wusste, war Marcels Vater nach längerer Krankheit und liebevoller Pflege durch seine Ehefrau vor ein paar Jahren verstorben. Darum musste sein einziger Sohn auch blutjung von heute auf morgen die familieneigene Anwaltskanzlei übernehmen.

„Schön, dich endlich kennenzulernen, Kindchen. Marcel ist so ein Schlawiner! Er bringt es wieder mal fertig, seine alte Mama trotz mehrfacher Einladung wochenlang nicht zu besuchen." So begrüßte sie Sophia und Marcel gespielt vorwurfsvoll.

„Freut mich gleichfalls, Sie endlich kennenzulernen, Frau Hohenberg."

„Ah, papperlapapp, Frau Hohenberg. Ich bin Maria.", meinte sie leger. Dann umarmte sie die verdutzte junge Frau kurz.

Sophia spürte, dass die Herzlichkeit ihr gegenüber ehrlich gemeint war. Sie war angenehm überrascht von dieser uneitlen Frau, die sie so herzlich in die Arme schloss. Maria war so gar nicht die Mutter, die sie sich für Marcel vorgestellt hatte.

Es wurde ein überaus angenehmer, gemütlicher Nachmittag bei Kaffee und selbstgebackenem Schokoladekuchen im hauseigenen Wintergarten. Ein guter Beginn in einer neuen Familie.

Maria nahm Sophia auf wie eine eigene Tochter. Das zeigte sie ihr auf herzliche Art und Weise.

Zu Beginn des neuen Jahres stand für Marcel ein wichtiger offizieller Termin ins Haus: Das alljährliche Juristentreffen der größten Kanzleien ganz Deutschlands fand in diesem Jahr in München statt. Marcel war ausdrücklich mit weiblicher Begleitung dazu eingeladen. Als der heimische Juristen-Newcomer der Stunde war es heuer an ihm, die wichtigste und längste Rede des Abends zu halten. Unmittelbar nach der offiziellen Eröffnung durch den Oberbürgermeister.

Sophia bemerkte Marcels Nervosität und Anspannung schon Wochen zuvor. Er verbrachte zahlreiche Überstunden im Büro und war über die Maßen gereizt. Mehr als einmal kam ihr in dieser Zeit der lebensfrohe, unternehmungslustige Tom in den Sinn. Doch bevor sie ihn schmerzlich vermissen konnte, verdrängte sie diese Erinnerung in die hinterste Ecke ihres Herzens. Solche Gedanken durfte sie erst gar nicht zulassen.

Je näher besagtes Juristentreffen rückte, desto mehr verschärfte sich die häusliche Situation.
„Schatz, könnten wir an diesem Wochenende zusammen essen gehen? Wie wär's mit unserem Lieblingsitaliener? Zeit nur für uns zwei. Nur wir beide." Sophia versuchte vorsichtig, es ihm schmackhaft zu machen. Dazu schaute sie ihn bittend und mit verführerischem Augenaufschlag an. Das hatte bis vor kurzem stets seine Wirkung gezeigt. Seine aggressive Reaktion auf ihre Bitte war niederschmetternd. Sie ließ keinerlei Widerstand zu.
„Echt jetzt, Sophia! Ich habe 1000mal versucht, dir klarzumachen, was dieses Meeting für mich bedeutet. Ich muss hart dafür arbeiten! Auch, wenn du das nicht verstehst. Das weißt du ganz genau. Zum Essengehen haben wir danach noch unser ganzes Leben Zeit. Praktisch ewig. Denk doch ein einziges Mal nicht nur an dich, Schatz!"
Leicht schuldbewusst zog sich Sophia in ihr Schneckenhaus zurück. Sie beschloss, geduldig abzuwarten, bis dieser leidige „termina non grata" vorbei wäre.

## Siebtes Kapitel

Endlich war er da, dieser Tag der Tage.
Danach würde Sophias und Marcels Leben endlich wieder lebenswert sein. Ganz bestimmt. Die paar Tage davor waren allerdings der reinste Horror für Sophia gewesen. Seit ihrer Rückkehr von der viertägigen Italientournee hatte sie mit ihrem Freund kein richtiges Gespräch mehr geführt. Mehr noch, die beiden hatten sich kaum gesehen. Und wenn, dann war die Laune ihres Freundes schlechter denn je gewesen. Die vielen Akten. Und vor allem die so elementare Rede.

Die runden Tische im modernen Saal des Congress Center der Messe München waren bis auf den letzten Platz mit juristischen Anzugträgern und deren businessmäßig gekleideten Partnerinnen gefüllt. Selten auch umgekehrt. Die kurze Eröffnungsrede des Vorstands verlief plangemäß, jedoch unspektakulär. Sophia saß in ihrem eleganten beigen Kostüm und den hohen Pumps gelangweilt an einem Tisch mit renommierten Münchener Anwälten. Eine Jazzband spielte zwischendurch und gab dem Meeting den feierlichen Rahmen. Dann war es endlich soweit.
Sophia hätte nicht gedacht, dass sie vor Marcels Auftritt so mit ihm mitfiebern würde. Sie war an große Säle gewöhnt. Nichtsdestotrotz war sie bereits während der Musikstücke nervös.

Dann gehörte die Bühne ihrem Freund. Im wahrsten Sinne des Wortes. War das da oben jener Mann, mit dem sie Tisch und Bett teilte? Er redete absolut großartig, komplett frei und ausdrucksstark. Betonte jeden Satz an der richtigen Stelle. Gestikulierte passend dazu. Es war Leidenschaft pur, mit welcher er vor seinem Publikum auftrat. Sophia war fas-

ziniert. Gleichzeitig aber auch etwas befremdet, wie perfekt und trotzdem nahbar dieser Mensch plötzlich auf sie wirkte. Und der Reaktion des Publikums nach auch auf alle anderen. Es war mucksmäuschenstill während seiner gesamten Rede. Sophia kam das Ganze vor, wie ein perfektes Schauspiel. Wie eine gekonnte Inszenierung. Vielleicht täuschte sie sich auch. In diesem Augenblick bewunderte sie ihren Freund für seine Fähigkeit, andere zu faszinieren. Er schien innerlich zu brennen für das, was er sagte. Nur am Rande bekam sie mit, welche Themen und Inhalte überhaupt zur Sprache kamen. Das war alles nebensächlich. Marcels Ausstrahlung war das Ungewöhnliche. Soviel sie verstand, ging es um den Umgang mit Gesetzen im Allgemeinen. Im Detail um die Genfer Flüchtlingskonvention. Alles im juristischen Fachjargon. Marcel ruderte unterstützend mit den Armen und appellierte dabei inbrünstig an seine Kollegen.
Seine Rede schlug ein wie eine Bombe. Im Nu war seine Dreiviertelstunde um. Dann brach ein Begeisterungssturm los. Standing Ovations. Der Anwalt zu Sophias Linken ergriff ihren Arm und schüttelte ihn kräftig.

„Frau Hohenberg, Sie müssen vor Stolz auf Ihren Mann ja platzen. Das war großartig."
Ihr leises „aber ich bin nicht...", ging in der allgemeinen Euphorie völlig unter. Die Pause brach an und die Jazzband spielte erneut auf. Diesmal zur Unterhaltung im Foyer. Es dauerte nicht lange, da gesellte sich Marcel zu Sophia an den kleinen Hochtisch, wo sie bereits von seinen enthusiastischen Zuhörern umzingelt stand.

„Dr. Hohenberg, das war so großartig. Unglaublich, Sie haben mir aus der Seele gesprochen.", hörte man eine junge Juristin schwärmen. Marcel belohnte sie mit seinem schönsten Zahnpastalächeln. Dann stieß er seine Freundin kurz in die Seite und raunte ihr zu:

„Da drüben ist Herr Graf, der höchste Vorstand des Gremiums der deutschen Anwaltskanzleien. Sei bitte freundlich. Und ausnahmsweise mal zahm." Sophia warf ihrem Freund einen wütenden Blick zu. Als ob sie das schon einmal nicht gewesen wäre.

Ein kleiner, dicklicher Mann Mitte 60 mit Schnauzer und einer noch kleineren Frau am Arm in einem zu kurzen Abendkleid schob sich durch die Menschenmenge. Er steuerte direkt auf sie zu.

„Marcel, mein Lieber. Ich habe es geahnt. Das war exzellent. Und sicher sind Sie sehr stolz auf Ihren Mann, Frau Hohenberg!"

„Aber wir sind nicht...", setzte Sophia zu einer Richtigstellung an. Doch Marcel kam ihr zuvor.

„Ja, das bist du, Liebling. Oder? Wissen Sie, meine Frau ist etwas schüchtern. Es ist auch ihre allererste Juristenveranstaltung. Darf ich vorstellen? Sophia, das ist Herr Dr. Graf, unser aller juristischer Boss. Herr Dr., meine Frau Sophia." Sie musterte ihren ‚Ehemann' wütend von der Seite. Aber dieser fuhr ungerührt fort.

„Und ich vermute mal, diese charmante Dame an Ihrer Seite ist Frau Aschwald?" Er schüttelte der massigen Frau mit dem riesigen Dekolleté galant die verschwitzte Hand. Kurz darauf wurde er von seinem Oberchef höchstpersönlich in Beschlag genommen. Sophia blieb nichts weiter übrig, als mit der unsympathischen fremden Frau belanglosen Smalltalk zu halten.

Ohne Umschweife begann Dr. Graf Marcel unter vier Augen mit seinem Anliegen zu konfrontieren.

„Mein lieber junger Freund, wie du weißt, stehe ich kurz vor der Pensionierung. Ich habe viel erreicht in meinem

Leben. Aber es wird Zeit, mich nächstes Jahr zurückzuziehen. Ich möchte kürzertreten. Und das Feld der jüngeren Generation überlassen." Marcel schaute überrascht auf. Er glaubte zu träumen, denn er ahnte, was jetzt kommen würde.

„Und obwohl du noch reichlich unerfahren und neu in der Branche bist, bist du meine allererste Wahl für diesen hohen Posten. Sofort würde ich ihn dir unter der Hand zuschanzen. Wenn das denn ginge, mein Guter. Aber heutzutage..." Er seufzte schwer und schüttelte verständnislos den Kopf.

„Ich kannte deinen Vater allzu gut. Wir beide haben in der Vergangenheit nicht nur einmal ein feuchtfröhliches Fest miteinander gefeiert. Meine Stimme hast du also. Die finale Entscheidung hängt ärgerlicherweise nicht nur von mir allein ab." Er pausierte salbungsvoll, bevor er fortfuhr:

„Es gibt einige unangenehme Gegenkandidaten. Solche, die wie du alle Kriterien für diesen Job erfüllen. Besitzer einer Kanzlei, allseits beliebt, smart, im jüngeren bis mittleren Alter und vor allen Dingen: mit Familie." Wie um seinen nun folgenden Worten noch mehr Nachdruck zu verleihen, beugte sich das ältere Vorbild verschwörerisch zu Marcels rechtem Ohr.

„Mit anderen Worten: Auch das Verheiratet-Sein ist eine Pflicht für die nötige Seriosität in diesem Amt. Am besten noch mit Kind. Du verstehst." Bevor Marcel antworten konnte, sprach er bereits weiter.

„Wenn nur einer dieser Punkte fehlt, könnte man dir das negativ anrechnen, mein Lieber." Marcel begann, vor Aufregung zu schwitzen bei seinen Worten. Verstehend nickte er.

Der erfolgreiche Abend wurde feuchtfröhlich. Sophia konnte schon aus Höflichkeit nicht anders, als mit reichlich Prosecco und mindestens sechs Anwälten auf ihren ‚Göttergatten' anzustoßen.

Es dämmerte, als das herbeigerufene Taxi vor der Penthousewohnung hielt. Ihnen beiden war aus mehrerlei Gründen nicht nach Reden zumute. Erschöpft und noch in ihren Kleidern ließen sie sich in ihr Doppelbett plumpsen. Sie schliefen auf der Stelle ein.

Beim Erwachen war es früher Nachmittag. Sophia blinzelte zu Marcel hinüber, der sich gerade streckte. Sie hatte einen schrecklichen Kater. Ihr Schädel brummte und eine leichte Übelkeit machte sich breit. Vermutlich wegen des zu hohen Alkoholkonsums.

Ach ja, jetzt erinnerte sie sich an die Details. Die gestrige Wut kochte langsam, aber sicher wieder in ihr hoch.

„Guten Morgen, Prinzessin, war schön gestern, oder?", begrüßte Marcel sie und den neuen Tag überaus gut gelaunt. Er fühlte sich wie ein Sieger.

„Warum hast du mich als deine Frau ausgegeben?", konfrontierte sie ihn direkt und unverblümt.

„Habe ich doch gar nicht, Schatz." Überrascht zuckte er die Achseln und blickte unschuldig drein.

„Naja. Du hast den Irrtum der anderen zumindest nicht aufgeklärt. Du hast es nicht einmal versucht! Scheinheilig hast du so getan, als würde es tatsächlich stimmen.", hielt sie dagegen. Komisch. Als Tom damals im Freundeskreis behauptet hatte, sie wäre seine Frau, hatte sie das als ein Zeichen seiner Liebe empfunden. Doch nun war es anders. Sie konnte ihre Gefühle nicht restlos deuten.

„Tut es doch praktisch auch, Schatz. Und denk nicht immer über jede Kleinigkeit tausendfach nach, Prinzessin."

Mit diesen Worten verschloss er ihr den Mund mit einem leidenschaftlichen Kuss.

Irgendwie war es auch süß von Marcel gewesen. Sie eine Frau Hohenberg. Und überhaupt. So zahm und so gefühlvoll wie in diesem Augenblick war er seit Lefkada nicht mehr zu ihr gewesen. Sophia fühlte sich in seinen Armen endlich wieder so richtig geborgen. Erst wollte sie sich wehren. Aber seine Hand wanderte gierig weiter nach unten und glitt über ihre nackte Haut. Es war zu spät.

**Achtes Kapitel**

Marcel war anders. Er war auf seltsame Art zugänglicher. Und wesentlich einfühlsamer und rücksichtsvoller als all die Wochen zuvor. So ähnlich, wie sie ihn im ersten gemeinsamen Urlaub erlebt hatte. Das nahm Sophia wohlwollend zur Kenntnis. Wahrscheinlich war Marcels Stresspegel in der ersten Phase ihrer Liebe aufgrund des enormen Arbeitspensums so hoch gewesen. Diese Erklärung für Marcels positive Wesensveränderung fand Sophia absolut schlüssig. Sie war einfach überglücklich. Und wer konnte es ihr auch verdenken. Zum ersten Mal nach Toms Tod hatte sie endlich wieder einen richtigen Partner an ihrer Seite. Eine echte Beziehung. Das Gefühl, angekommen zu sein.

Das ging bereits ein paar Wochen so. Zu Sophias Freude begleitete Marcel sie sogar freiwillig zu ihren Konzerten in der Elbphilharmonie. Diese legendären Auftritte verdoppelten ihre Popularität als deutsche Künstlerin. Sie brachten ihr so viel Ruhm ein, dass sogar die größte deutsche Boulevardzeitung ein Paparazzo-Bild des Paares veröffentlichte. Die sensationslüsterne Überschrift lautete: „Der geheime Mann hinter unserer Erfolgsfrau". Doch das brachte Marcel, den in seinen Augen über München hinaus bekannten Staranwalt, über alle Maßen in Rage. Denn: Wieso geheim? Annähernd jeder in dieser Stadt kannte ihn, Marcel Hohenberg, doch.

Sophia musste heimlich grinsen. Diese Ego-Seite ihres Freundes kannte sie seit Beginn. Mittlerweile wusste sie, wie mit ihr umzugehen war. Sie rief gleich am nächsten Tag in der Redaktion des Blattes an, verlangte den ihr persönlich vertrauten zuständigen Journalisten und gab ihm eigenhändig Auskunft zu ihrem neuen ‚Lebenspartner'. Das brachte

Marcel und seiner ‚Firma' eine besonders fette Schlagzeile ein. Was zur Folge hatte, dass der Bekanntheitsgrad der Kanzlei Hohenberg von heute auf morgen um ein Vielfaches anstieg. Marcel und seine Mitarbeiter konnten sich daraufhin nicht mehr retten vor Anfragen und Aufträgen. Vor allem bei Prominenten war seine Kanzlei in null Komma nichts die Nummer ganz Deutschlands. Die erste Adresse, die bei schwierigen Trennungen und kritischen Scheidungsschlachten kontaktiert wurde. Was im Kreis der B- und C- Promis ja glücklicherweise an der Tagesordnung war.
Marcel war versöhnt. Mehr als das.

Zwei Monate nach der Juristenkonferenz lud er seine Freundin am Wochenende in ihr französisches Lieblingsrestaurant „Gourmet chic" ein. Über ein halbes Jahr hatten sie es nicht mehr dorthin geschafft. Sophia, die sich privat beim Üben und in der spärlichen Freizeit in bequemen Jeans und Hoodies am wohlsten fühlte, gönnte sich in ihrer Vorfreude ein teures schwarzes Mini-Designerkleid aus Kunstleder.
Sie saßen am schönsten Tisch. Mit Blick von der Galerie des Gourmettempels auf den gesamten restlichen Gastraum. Romantischer Kerzenschein und leise klassische Musik begleitete das viergängige Luxusmenü. Es wurde von einem sündhaft teuren französischen Rotwein abgerundet. Marcel in seinem grauen Designeranzug war überaus charmant. Er schaute Sophia tief in die Augen und fragte sie beim Verzehren des letzten Ganges, eines köstlichen Mousse au Chocolat, unvermittelt:

„Wenn du einen Wunsch frei hättest, Liebes, was wäre das dann?" Sophia blickte ihn erstaunt an.

„Was meinst du?" Mit dieser Frage war sie restlos überfordert. Sie kannte diese romantische Szenerie zwar.

Aber nur aus Filmen. Er wollte doch jetzt nicht etwa? Oder? Ungläubig starrte sie ihn an.
In dem Augenblick biss sie auch schon auf etwas Hartes, glitzernd Silbriges, besser gesagt Weißgoldenes, das heimlich in ihrem Mousse versteckt gewesen war. Ein riesiger weißgoldener Klunker von einem Verlobungsring, mit drei Diamanten durchsetzt, kam zum Vorschein. Genau wie im Film.
„Frau Goldmann, wollen Sie meine Frau werden?"
Marcel war direkt vor ihr auf die Knie gegangen. Der Kellner filmte die ganze Szene in einigem Abstand mit seinem Handy. Sämtliche Gäste in der Nähe ihres Tisches warteten atemlos auf die Antwort der Auserwählten.
Frau Sophia Goldmann-Hohenberg geisterte es blitzschnell durch ihren Kopf. Mehr Zeit blieb ihr aber nicht mehr.
„Nun sag schon was, Liebes."
„Ich bin sprachlos! Also ja! Ja, ich will!", brachte sie zur Freude der applaudierenden Gäste schließlich über die Lippen.
Marcel hatte sie mit seinem filmreifen Heiratsantrag überrumpelt. Um nicht zu sagen, überlistet.

Für den übernächsten Tag hatte sich Sophia mit Alex im Café ‚Dinatalia' verabredet. Es gab in der Zwischenzeit so einiges zu besprechen.
„Was, er hat dir einen Heiratsantrag gemacht? Ehrlich? Jetzt schon? Ich meine, nach so kurzer Zeit schon?", war die doch verblüffte Reaktion ihrer Freundin.
„Weißt du eigentlich, was du da sagst!", meldete Alex nun ganz offenkundig ihre Bedenken an.
„Na, da hätte ich mir aber etwas mehr Mitfreude erwartet, meine Liebe. Du warst es doch, die mich in dieser Sache in alles hineingeredet hat. Oder täusche ich mich da? Deine Worte, liebe Alex: ‚Nun geh doch mit Marcel nach Lef-

kada. Und: Was hast du schon zu verlieren. Er ist schließlich ein interessanter Mann. Hab einfach Spaß etc. etc.!'", äffte sie die Freundin spitz nach. Alex schaute Sophia besorgt und verständnislos an.

„Naja, Sophia, gebe ich ja alles zu. Aber heiraten! Heiraten ist eine andere Nummer. Verstehst du. Klak-klak bedeutet im Klartext: Nägel mit Köpfen mit jemandem, den du kaum kennst. Quasi gefangen im goldenen Hamsterrad."

„Okay, Alex, dann machen wir doch den Faktencheck. Also: Marcel ist zuverlässig. Er ist charmant, naja, wenigstens ab und zu. Er sieht gut aus. Und er hat jede Menge Kohle. Sicher, er ist nicht so humorvoll und originell, wie Tom es war. Vielleicht ist er auch nicht so mutig, nicht so bodenständig und umgänglich. Zumindest nicht auf den ersten Blick. Aber du hast mir doch geraten, ich soll aufhören, jedes männliche Wesen mit meinem glorifizierten Tom zu vergleichen. Ich hoffe, du erinnerst dich, Alex." Sophia seufzte tief.

„Ich habe Marcel keine Details über Tom und den Hergang seines Unfalls erzählt. Er weiß von einer längeren früheren Verbindung, die durch einen tragischen Unfalltod abrupt beendet wurde. Marcel hat nie weiter danach gefragt." Wie um sich selbst mit dem eben Gesagten zu bestärken, redete sie sich in Rage.

„Und du warst es doch auch, die gemeint hat, ich soll endlich mal reflektieren. Soll objektiver sein und jedem potenziellen Partner eine reelle Chance geben. Und das tue ich gerade. Du hast doch immer wieder gemeint, ich hätte nichts zu verlieren. Rein gar nichts!"

Nein, Sophia ließ sich nicht beirren. In diesem speziellen Fall nicht einmal von ihrer besten Freundin.

Von deren Reaktion war sie allerdings schwer enttäuscht. Sie hatte sich nämlich endgültig entschieden, diese Beziehung als eine neue Chance in ihrem Leben zu sehen. Zu viel hatte

sie bisher im Leben mitgemacht. Und zu viele schöne Momente hatte sie schon mit Marcel erlebt, um den Antrag jetzt abzulehnen. Sie hatte wahrlich etwas Glück verdient.
Und damit basta.

Mitte Mai feierten sie in einer schlichten Zeremonie ihre standesamtliche Vermählung. Anwesend waren nur die beiden Trauzeugen, Alex, trotz deren anfänglicher Bedenken, und Bernd, ein langjähriger Jugendfreund des Bräutigams. Außerdem noch Sophias Eltern und selbstverständlich Marcels Mutter.
Die kirchliche Trauung fand kurz darauf ebenfalls im privaten Rahmen in einer Klosterkapelle auf Lefkada statt. Der deutsche katholische Pfarrer, der Marcel bereits seit Kindertagen kannte, war eigens nach Griechenland mitgereist. Marcel hatte dem Bitten und Betteln der zukünftigen Braut nachgegeben. Und somit Sophias romantischen Traum, sich auf der wundervollen griechischen Insel zu vermählen, wahrgemacht. Nur an jenem magischen Ort hatte sie seit Toms Tod annähernd ein Gefühl der Freiheit verspürt. Er hatte sie mit seiner einzigartigen Schönheit wohl für immer in seinen Bann gezogen.
Marcel hingegen hätte die einfache standesamtliche und damit rechtsgültige Trauung in Deutschland mehr als ausgereicht.
Er hatte es mit beiden Hochzeitsterminen besonders eilig gehabt. Seine nächste wichtige Geschäftsreise nach Berlin stand unmittelbar danach an und auch sonst waren alle Wochenenden im Sommer businessmäßig belegt. Eine große Hochzeitsreise auf die Malediven hatte Marcel seiner Braut deshalb im Laufe des kommenden Jahres versprochen.

Die Feier nach der kurzen kirchlichen Zeremonie war mehr ein gemütliches gemeinsames Essen auf einer schönen Terrasse am Meer gewesen. Sophia hatte sich für ein luftiges weißes Chiffon-Sommerkleid mit herzförmigem Ausschnitt entschieden, das ihr außerordentlich gut stand. Ihre schlanke Figur, insbesondere die langen Beine und die schmale Taille kamen darin bestens zur Geltung. Marcel war sichtlich angetan von seiner hübschen Braut.

„Du siehst so sexy aus, mein Schatz. Das wird eine lange Hochzeitsnacht werden!", stöhnte er ihr während des prächtigen Buffets ins Ohr. Sophia warf verlegen ihren Kopf in den Nacken und lachte geschmeichelt dazu. Sie schaute vermutlich einer rosigen Zukunft entgegen.

In der mit weißen Lilien und weißen Kerzen dekorierten Hochzeitssuite des Nobelhotels fielen die beiden Jungvermählten am späten Abend richtiggehend übereinander her. Es wurde eine intensive, heiße Nacht, in der keine Minute an Schlaf zu denken war.

Die geladenen Gäste flogen einen Tag nach der Trauung zurück nach Deutschland. Das Brautpaar hängte noch zwei Tage zum Flittern an. Die Insel zeigte sich abermals von ihrer allerschönsten Seite. Es war Vorsaison. Selbst in den winzigen Touristenstädtchen war es deshalb noch ruhig und erholsam. Das offene Meer mit seinen langen Buchten lud zu romantischen Abendspaziergängen inklusive einzigartiger Sonnenuntergänge ein. Mehr noch, es verführte zu lustvollem Sex an einsamen Stränden. Diese Gelegenheit nutzten die beiden frisch Angetrauten täglich. Es war meistens gleichzeitig atemraubend und atemberaubend. Im wahrsten Sinne des Wortes.

## Neuntes Kapitel

Wieder zuhause in München schwebten die beiden die erste Zeit im siebten Honey-Moon-Himmel. Das hing vor allem mit der in hohem Maß vorhandenen gegenseitigen sexuellen Anziehungskraft zusammen. Im Sog des überschäumenden und unbekümmerten griechischen Lebensgefühls hatte diese wie eine Bombe eingeschlagen. Sowieso war sie von Anfang an wie ein unsichtbarer Schleier über dem jungen Paar gehangen. Wenn es Marcels straffer Terminplan, der neben der Arbeit höchstens noch den Gang ins Fitnessstudio vorsah, zuließ, und er abends beizeiten zuhause erschien, fackelten die beiden nicht lange. Sie lebten ihre sexuelle Begierde und Lust zumeist an Ort und Stelle aus. Danach wurde gemeinsam zu Abend gegessen. Oder umgekehrt.
Sophia übte tagsüber auf ihrem Instrument und nahm sich gegen Abend öfters die Zeit, ihren Gatten mit einem Candle-Light-Dinner in verführerischer Spitzenunterwäsche zu verwöhnen. Es lag die ersten Wochen ihrer Ehe praktisch ständig ein erotisches Prickeln in der Luft.

Doch nach ein paar Monaten ließen sowohl die Experimentierfreude als auch die Frequenz in punkto Sexualität deutlich nach. Dass die erotische Anziehung irgendwann zu einem Teil verblassen würde, war für Sophia erwartbar gewesen. Und auch durchaus verschmerzbar.

Unglücklicherweise ging es aber noch um Einschneidenderes als bloß das abgekühlte Sexleben. Naturgemäß passierte diese Entwicklung in der Beziehung auch nicht von heute auf morgen. Sie erfolgte still und leise und ohne Vorwarnung. Sie musste als logische Folge und im großen Zusammenhang gesehen werden. Gleich mehrere Kleinigkeiten wollten im Alltag nämlich nicht zusammenpassen.

Sophias banale Wünsche und Vorschläge für Zweisamkeit wurden von Marcel schleichend, dafür aber immer öfter ignoriert. Oder gleich direkt im Keim erstickt und abgelehnt. Wie schön wäre es in ihren Augen, abends ein- bis zweimal die Woche gemeinsam durch den nahegelegenen Stadtpark zu spazieren. Oder zur Abwechslung ein romantisches Sommer-Picknick zu zweit zu veranstalten. So, wie damals mit Tom.
Doch Marcel als Geschäftsmann hatte Wichtigeres zu tun, als langweilige und unnütze Spaziergänge mit seiner frisch Angetrauten zu unternehmen. Eine völlig sinnlose Freizeitaktivität, die den paar seltenen Urlaubstagen im Jahr vorbehalten sein sollte. Anfangs hatte Sophia großzügig darüber hinweggesehen. Je länger dieser Zustand aber andauerte, desto unzufriedener wurde die junge Ehefrau.
Diesbezüglich hatte Marcel Sophias Illusion von einer abwechslungsreichen Zukunft zu zweit eines schönen Tages mit wenigen Sätzen gnadenlos zerstört.

„Time is money, Babe. Ich bin für vieles offen. Allerdings nicht für dein Natur-Gedingsbums da, Sophia."

„Aber du kennst mich doch und weißt ganz genau, dass ich als Ausgleich zum Violinspiel in geschlossenen Räumen frische Luft brauche, Schatz. Ich bin eben ein Naturmensch. Einer, der es nicht erträgt, tagein tagaus nur in der stickigen Bude zu verbringen. Ohne Bewegung versauere ich. Wenn du wenigstens alle paar Tage mitkommen könntest, würde ich mich echt freuen." erhob Sophia Einspruch.

„Naja, dann beweg dich doch! Geh einfach allein. Tust du eh schon. Und habe ich nichts gegen einzuwenden. Im Gegensatz zu mir hast du jede Menge Zeit zwischen deinen

Übereien, während mein Arbeitspensum groß ist. Riesengroß. Es wartet nur darauf, von mir verkleinert zu werden. Und damit ein für alle Mal Schluss mit dieser lächerlichen Diskussion!" Marcel sprach seine Worte bestimmt und duldete keine Widerrede.

Frustriert musste Sophia feststellen, dass ihr Ehemann ihr Künstler-Dasein allem Anschein nach überhaupt nicht ernst nahm. Das ständige konsequente Üben und das passionierte Konzertieren auf den verschiedensten Bühnen der Welt erforderten allergrößte geistige und körperliche Anstrengung. Wenn sie Marcel das nur klarmachen könnte.

So kam es, wie es kommen musste. Sophia machte sich wohl oder übel mehr und mehr allein auf den Weg, um noch eine Runde im Grünen zu drehen. Dabei beobachtete sie sehnsuchtsvoll all die jungen, frisch verliebten Paare, die sich ganz offen ihre gegenseitige Zuneigung zeigten. So, wie es bei ihr und Tom früher ebenfalls eine Selbstverständlichkeit gewesen war. Jedes Mal wurde sie dann melancholisch und wehmütig.
Gelegentlich traf sie sich auch mit ihren Freundinnen zu einem gemütlichen Plausch.
Wie angekündigt, machte Marcel der Umstand, dass jeder seiner eigenen Wege ging, nicht das Geringste aus. Im Gegenteil. Zumeist blieb er sowieso bis nach 20.00 Uhr im Büro. Bei seiner Heimkehr war er dann heilfroh, wenn sie noch unterwegs war und er erstmal keine frustrierte Gattin daheim antraf.
Bald herrschte auch im Bett absolute Flaute.
Sie hatten sich nur noch äußerst wenig zu sagen. Und das in jeder Beziehung.

Das Übernehmen wenigstens einiger banaler Arbeiten im Haushalt war zusätzlich immer öfters Ausgangspunkt für Zankereien und Wortgefechte. Die jeweils damit endeten, dass Sophia vor einer totalen Eskalation gerade noch einlenkte.
Sie ertappte sich in dieser kritischen Phase der jungen Ehe dabei, wie sie zunehmend launischer und depressiver wurde. Marcel hingegen war sich der Vorzüge, verheiratet zu sein, inzwischen durchaus bewusst. Wie praktisch, dass seine Frau keiner geregelten Arbeit außer Haus nachging. Somit war es seiner Ansicht nach mehr als angemessen, dass die wenigen anfallenden Hausarbeiten an ihr hängenblieben. Ja, da war sein Denken durchaus in den traditionellen Klischees verhaftet. Seine kleine Klassik-Diva verbrachte doch sowieso den ganzen Tag in den eigenen vier Wänden. Und außerdem war es im Hause Hohenberg eine Selbstverständlichkeit, sich eine wöchentliche Putzfrau zu leisten. Was also blieb da für seine Angetraute noch groß zu tun? Außer das bisschen Wäsche waschen und kochen, das vorher seine Mutter beziehungsweise diverse Gaststätten für ihn erledigt hatten. Erstere hatte bis vor kurzem mindestens zweimal die Woche bei ihm ‚nach dem rechten gesehen'.

Was also konnte Sophia für einen triftigen Grund haben, mit ihrem Eheleben unzufrieden zu sein. Es war ein Meckern auf hohem Niveau. Soviel stand für ihn fest.
Arbeitsteilung fand seiner Ansicht nach automatisch statt. In dem Sinne, dass er seine Brötchen auf erheblich anspruchsvollere und strapaziösere Art verdiente als Sophia. Ein bisschen Geige spielen war im direkten Vergleich doch mehr ein Hobby. Wenn zugegebenermaßen ein ungewöhnliches. Unter seinen Münchener Kumpels bezeichnete Marcel die Tätigkeit seiner Frau in deren Abwesenheit deshalb des Öfteren

abschätzig als ‚die künstliche Arbeitsbeschaffung meiner Gattin'. Außerdem war es seiner Ansicht nach wundersamer Zufall und nicht zuletzt der gottgegebenen Ausstrahlung seiner Frau zu verdanken, dass sie es tatsächlich bis ganz hinauf in den Klassik-Olymp geschafft hatte.

Sophia nahm diese Entwicklungen nur unbewusst wahr. Im Verdrängen von Tatsachen war sie von jeher Spezialistin gewesen.

Dennoch musste wieder einmal das Café ‚Dinatalia' herhalten. Alex war zum vereinbarten Zeitpunkt als erste dort. Gespannt hing sie an Sophias Lippen.

„Du hast recht gehabt, Alex. Ich, nein, wir hätten nie heiraten dürfen. Ich habe Marcel kaum gekannt." Sophia schniefte traurig in ihr Taschentuch. So sehr sie sich auch bemühte, die Tränen flossen ihr nun in Strömen die Wangen hinunter.

„Wie konnte ich nur so verdammt naiv sein! Dieser Chauvi, dieser gemeine!", schimpfte sie.

„Langsam, langsam. Was ist denn euer Hauptproblem, Sophia?" Alex wollte den Dingen objektiv auf den Grund gehen.

„Das ist es ja. Es gibt kein ‚Hauptproblem'. Aber wir haben einfach überhaupt nichts gemeinsam. Nicht das Geringste. Verstehst du!", erklärte sie ihrer Freundin schluchzend.

„Aber du hast mir doch von Candle-Light-Dinners, gutem Sex und so Neid erzeugenden Details erzählt. Was ist denn damit?" Bei allem Mitgefühl war Alex jetzt zum Zerbersten neugierig.

„Hat sich alles erledigt. Ich fühle mich so ausgenützt. Ich weiß auch nicht." Sophia rang nach den richtigen Worten.

"Marcel ist so gefühlskalt mir gegenüber. Nie würde er auf die Idee kommen, etwas einfach nur mir zuliebe zu tun. Zum Beispiel mit mir spazieren zu gehen. Einfach so und ohne irgendeinen Nutzen oder Vorteil daraus zu ziehen. Oder zuhause zur Abwechslung mal mitanzupacken. Aus Respekt mir gegenüber. Niemals. Er ist mit seiner juristischen Arbeit verheiratet. Und mehr braucht er allem Anschein nach nicht. Weißt du, ich überlege mir inzwischen ernsthaft, mich scheiden zu lassen, Alex."

„Was? Eine Scheidung? Nach einem Dreivierteljahr? Willst du euch nicht noch eine Chance geben? Habt ihr eure Probleme jemals unter vier Augen thematisiert?"

„Sicher doch. So oft haben wir in letzter Zeit über Kleinigkeiten diskutiert. Besser gesagt, uns darüber gestritten. Marcel will nichts von Arbeitsteilung hören. Und außerdem: Wir passen einfach nicht zusammen."

Alex kannte ihre Freundin gut genug, um zu wissen, dass sie manchmal zu impulsiven, unüberlegten Bauchentscheidungen neigte. Mal war das berechtigt und gut so, mal eben nicht. Vermutlich aus Selbstschutz kommunizierte Sophia Probleme generell nur im äußersten Notfall. Ansonsten negierte beziehungsweise verdrängte sie diese einfach aus ihrem Leben. Doch das hier war wohl so ein ‚äußerster Notfall'. Es schien der Freundin tatsächlich ernst zu sein.

Zuhause lief Sophias Gehirn immer noch auf Hochtouren. Das Gespräch mit Alex hatte ihr zu denken gegeben. Vielleicht war es in der Tat falsch, ihre Ehe bereits nach kurzer Zeit so kampflos aufzugeben.
Nach einigen weiteren Überlegungen und Gedankenspielen war sie sich im Klaren. Sie würde noch einmal alles probieren, um ihnen als Paar eine Zukunft zu ermöglichen. Außer-

dem, bestimmt hatte es teilweise ebenso an ihr gelegen, dass der Alltag nicht funktionieren wollte.

Gleich für das nächste Wochenende bestellte sie im eleganten ‚Gourmet chic', dem ‚Tatort' des Heiratsantrags, einen Tisch für vier. Sie hatte Marcels Freund und Trauzeugen Bernd und dessen Frau Sabrina eingeladen. Nach Rücksprache mit dem Ehemann natürlich. Der hatte zwar keine Begeisterung geheuchelt, die Notwendigkeit eines angenehmen Abends in netter Gesellschaft für ihre Beziehung dann aber eingesehen.
Sophia hatte sich schon am Nachmittag mit einem Entspannungsbad darauf eingestimmt. Die Vorfreude auf eine gesellige Verabredung mit Freunden war riesengroß, denn das letzte Mal war gefühlte Ewigkeiten her.

Eine halbe Stunde vor dem vereinbarten Treffpunkt im Restaurant war Marcel noch immer nicht zuhause aufgetaucht. Sophia saß in ihrem kleinen Schwarzen fertig hergerichtet auf der schicken cremefarbenen Couch. Aller guten Vorsätze zum Trotz: Sie wurde von Minute zu Minute wütender. Was glaubte dieser Macho eigentlich?
Fünf Minuten vor 20.00 Uhr öffnete sich die Wohnungstür schließlich und ein verschwitzter, erschöpft aussehender Marcel kam keuchend hereingeeilt.
„Ich bin etwas spät. Ich weiß. Aber dieser neue Fall des Lokalpolitikers, von dem ich dir neulich erzählt habe, ist so aufwändig und schwierig. Das kannst du dir nicht vorstellen, Babe.", entschuldigte er sich prompt. Eilig lief er an ihr vorbei ins Badezimmer.
Sophia versuchte, ihren Zorn zu bändigen. Die Vorzeichen für die Verabredung mit ihren Freunden waren schon schlecht genug. Es lag ihr in dieser Situation nicht daran,

noch zusätzliche Probleme zu verursachen. Also schwieg sie eisern. So schwer es ihr auch fiel. Des lieben Friedens willen. Nach zehn Minuten erneuten Wartens öffnete sich endlich die Badezimmertür. Marcel war in seinem schicksten schwarzen Anzug, dem eleganten weißen Hemd und der silbernen Krawatte kaum wiederzuerkennen. Er lächelte Sophia triumphierend an.

„Darf ich bitten, Madame?" Galant nahm er ihren Arm und hakte sich schnell bei seiner Ehefrau unter.

„So schön, euch zu treffen. Tut mir leid, dass wir verspätet sind. Es ist allein meine Schuld!", begrüßte er das befreundete Pärchen. Und nahm ihnen so gleich den Wind aus den Segeln.
Die vier schwelgten bald in Erinnerungen an Sophias und Marcels romantische Trauung. Sie plauderten im Smalltalk-Modus miteinander. Es war nett und unverfänglich.

Nach dem Hauptgang klopfte Marcel an sein Weinglas. Feierlich erhob er sich dazu.

„Es gibt etwas zu verkünden. Wie ihr vielleicht wisst, begehen meine Gattin und ich in Kürze unseren ersten Hochzeitstag. Ich habe mir gedacht, dass du, liebe Sophia, sicher nichts dagegen hast, wenn wir schon heute etwas vorfeiern. Mit unseren Freunden und als Zeichen meiner Liebe."
Mit diesen salbungsvollen Worten holte er eine kleine Schmuckschatulle aus seinem Anzug-Jackett und übergab sie feierlich an seine verdutzte Ehefrau.
Sophia schaute leicht irritiert. Was sollte diese Show? Natürlich hatte sie sich ebenso bereits Gedanken über ein passendes Geschenk für Marcel gemacht. Doch nun stand sie peinlich berührt ohne irgendetwas da. Obwohl: An und für sich

waren es ja noch mehr als zwei Wochen bis zum tatsächlichen Datum.

„Mach schon auf!", wurde sie von Sabrina aufgefordert. Sophia öffnete die kleine Dose. Und welch Überraschung: Eine sündhaft teure, massive Platin-Kette mit Herzanhänger einschließlich eingravierter Vornamen der beiden Liebenden kam zum Vorschein. Sabrina klatschte begeistert in die Hände.

„Mensch Bernd, jetzt schneide dir mal ein Riesenstück von Marcel ab. Wann hast du mir zum letzten Mal so ein teures Schmuckstück geschenkt? Schlimmer, wann hast du mir überhaupt jemals Schmuck geschenkt! Abgesehen vom Ehering." Sabrina blickte ihren Ehemann vorwurfsvoll und abstrafend an.

„Aber du bekommst jedes Jahr einen riesigen Blumenstrauß zum Hochzeitstag, Schatz. Erinnerst du dich: Heuer habe ich dir wunderschöne langstielige rote Rosen geschenkt. Und letztes Jahr habe ich dein Lieblingsgericht für dich gemacht. Obwohl ich kochen hasse." Verzweifelt versuchte er, Sabrinas Aussage zu entkräften. Bernd tat Sophia aufrichtig leid. Er betete seine Frau nämlich förmlich an. Wenn es also jemanden gab, der solche Vorwürfe nicht verdient hatte, dann war er es.

Abermals zwang sie sich, in der Öffentlichkeit Haltung zu bewahren. Sophia wollte den bis dahin angenehmen Restaurantbesuch nicht auf den letzten Drücker noch vermiesen.

„Danke, Schatz, wirklich eine sehr schöne Kette.", antwortete sie deshalb rasch und schlicht. Der Rest des Abends gestaltete sich recht schleppend. Marcel war merklich verschnupft ob Sophias undankbarer Reaktion auf dieses Mega-Geschenk. Und auch Sabrina konnte sich des Dinners in der Folge nicht so recht erfreuen. Es wollte einfach keine Stimmung mehr aufkommen.

Zuhause explodierte Sophia dann.
„Wie kannst du unseren ersten Hochzeitstag einfach vorverlegen. Geht es dir um Zuschauer, oder was? Brauchst du denn dauernd Bestätigung und Applaus von außen?"
Marcel fühlte sich erwartungsgemäß gedemütigt. Der Einfachheit halber beschloss er, beleidigt zu schweigen. Doch sie lief ihm hartnäckig hinterher.
„Lauf jetzt nicht weg, du Feigling. Stell dich mal. Sag was. Also stimmt meine Mutmaßung?", konfrontierte sie ihn. Marcel legte sich gleichgültig ins Doppelbett. Weiber. Er war hundemüde. Ihm war im Moment nicht nach Diskutieren und schon gar nicht nach Schwierigkeiten.
„Welche Mutmaßung denn? Und überhaupt: Ich versteh deine Aufregung nicht, Babe. Du hast doch gehört, was Sabrina gesagt hat. Sie hätte sich ganz im Gegensatz zu dir unglaublich über ein sündhaft teures Schmuckteil gefreut. Die wartet allerdings schon jahrelang vergeblich auf sowas." Damit drehte er seiner Frau den Rücken zu. Er hatte genug gehört für heute. Ursprünglich hatte er einen anderen Ausgang seiner perfekten Inszenierung erwartet.

## Zehntes Kapitel

Ein paar Tage später schaute die Welt wieder rosiger aus. Sophia hatte in besagter Nacht kein Auge zugetan. Immer wieder hatte sie die Begebenheiten des Abends aufs Neue durchgedacht auf der Suche nach der Wahrheit. Sie war aber bis zum Morgengrauen auf keinen grünen Zweig gekommen. Am nächsten Tag hatte Marcel sie bald nach dem Aufwachen um Verzeihung gebeten und ihr hoch und heilig mehr Feinfühligkeit gelobt. Zudem hatte er nach eigener Aussage eingesehen, dass seine Idee, den Hochzeitstag nach eigenem Gutdünken einfach vorzuverlegen, wohl doch keine so gute Idee gewesen war. Seine Absichten seien nur ehrenhaft gewesen.

Am gleichen Wochenende hatte Marcels Mutter Maria die beiden zu sich eingeladen. Er flehte Sophia an, ausnahmsweise ohne ihn hinzugehen. Einerseits, um die Schwiegermutter allein und unter vier Augen besser kennenlernen zu können, wie Marcel meinte. Von Frau zu Frau. Andererseits, weil ihn dieser komplizierte Scheidungsauftrag des Lokalpolitikers nach wie vor mit Haut und Haaren in Anspruch nahm.

„Hallo Liebes, schön, dich zu sehen. Sag mal, wo ist denn dein Göttergatte?", staunte die adrette Frau Hohenberg. Sophia schluckte. Sie konnte nicht antworten. Die Tränen saßen weit vorne. Gleich hinter der Stirn.
„Nana, Kindchen, Kindchen. Komm doch erstmal rein. Wir sprechen gleich. Mir kannst du alles sagen." Maria schüttelte mitfühlend den Kopf.

„Außerdem – ich kenne meinen Sohnemann in- und auswendig. Seine Stärken und auch seine Schwächen.", versicherte sie ihr augenzwinkernd.

„Hallo Maria. Danke dir. Es ist nichts Schlimmes. Wirklich nicht, es ist nur..." Sophia liebte ihre herzensgute Schwiegermutter. Ihr Erklärungsversuch endete jetzt allerdings in einem Sturzbach von Tränen, die ihr das Gesicht hinunterflossen.

„Naja, ich kann's mir schon denken, Liebes. Marcel hat zu wenig Zeit für dich. Stimmt's, Kindchen? Er ist mit seinem Beruf verheiratet." Als Sophia ansetzte, ihr zu widersprechen und alles etwas abzuschwächen, fuhr Maria unbeirrt fort.

„Und er denkt in erster Linie an sich selbst. Er ist ein Egoist wie er im Buche steht. Das Ganze auch noch garniert mit einer ordentlichen Portion an Gefühlskälte." Diese Kurzzusammenfassung saß.
Nach einigem Zögern nickte Sophia unmerklich, immer noch weinend. Gefühlskälte, ja, das war genau das Wort, das sie selbst gesucht und unbewusst in den Hinterkopf verbannt hatte. Es traf den Nagel auf den Kopf.

„Da muss ich keine Prophetin sein, um das zu schlussfolgern. Leider!" Mitfühlend sah sie ihre Schwiegertochter an.

Als sich Sophia nach einigen Minuten einigermaßen gefangen hatte, begann Maria, ihr aus Marcels Vergangenheit zu erzählen.

„Dein Mann war so ein goldiges kleines Bürschchen. Ein ziemlicher Lausbub zwar, aber immer gut aufgelegt und fröhlich. Ja, ich gestehe, er war in der Realität ein recht verwöhntes Einzelkind. Ich und sein Vater liebten den Kleinen abgöttisch. Du musst wissen: Ich hatte mehrere Fehlgeburten, bevor sich Marcel ankündigte. Doch mit seiner Geburt war der Fortbestand des Lebenswerkes meines Mannes besiegelt. Endlich kam der heißersehnte Sohn." Maria sah Sophia ernst in die Augen.

„Ich hatte meine Schuldigkeit damit allerdings mehr oder weniger getan. Das persönliche Interesse, das mir Albert entgegenbrachte, war von da an gleich null. Mir blieb noch die Rolle der Grand Dame zum Repräsentieren in der Öffentlichkeit. Also doch recht wenig. Auf jeden Fall zu wenig für mich, um glücklich zu sein. Albert war absolut gefühlskalt mir gegenüber. Vermutlich ähnlich wie Marcel dir gegenüber.
Es klingt verbittert. Und das ist es auch. Der großartige, noble Chef der renommierten Kanzlei Hohenberg.", sinnierte Maria traurig.

„Aber warum ist Marcel so geworden wie sein Vater, Maria? Das vererbt man doch nicht einfach. Oder doch?" Fragend blickte sie zu Maria.

„Du bist doch einfühlsam und ehrlich. Ich verstehe es nicht." Eilig schenkte die Schwiegermutter Sophia eine Tasse Grüntee ein. Aha, Marcel hatte also geplaudert. Das konnte kein Zufall sein. Diese Tatsache schien Maria doch ein Zeichen seiner echten Zuneigung ihr gegenüber zu sein. Doch ihre Miene blieb gequält.

„Wie du inzwischen sicher gemerkt hast, Sophia, hat mein Sohn leider zwei Seiten. Um ihn besser verstehen zu können, solltest du unser gut gehütetes Familiengeheimnis kennen. Es ist nicht einfach, mich in dieser Hinsicht zu öffnen, aber ich versuche es." Maria hatte sich Sophia gegenüber an den Tisch gesetzt. Ihre Erzählung schien länger zu dauern.

„Nach etlichen Jahren - Marcel kam gerade in die Pubertät - verliebte ich mich bei einem meiner einsamen Spaziergänge im Park Hals über Kopf in einen feurigen Italiener. Dieser gab mir das Gefühl, etwas wert zu sein. Auch wenn ich beruflich nicht viel gelernt hatte. Er liebte mich um meiner selbst willen. Wir trafen uns eine Zeitlang heimlich. So lange, bis mein Mann eines Tages dahinterkam." Sophia spitzte erstaunt die Ohren.

„Mir war davor bewusst gewesen: Irgendwann würde das alles ein schreckliches Ende nehmen. Natürlich konnte Albert sich in seiner Position als Parade-Rechtsanwalt schon aus Prestigegründen keine Scheidung leisten. Es wäre zu jener Zeit ein regelrechter Skandal gewesen. Zumindest ein regionaler. Zweifellos hätte Albert damit seinen guten Ruf und dazu sämtliche juristische Fälle verloren. Aus Rache zwang er mich also, in Zukunft auf unseren Sohn zu verzichten. Ein Hohenberg wird schließlich nicht ungestraft betrogen. Das bedeutete für mich, dass ich mein Kind die nächsten Jahre von heute auf morgen nicht mehr besuchen durfte. Jeglicher Kontakt zu Marcel war mir von da an untersagt."
Ein kalter Schauder lief Sophia bei dieser Schilderung den Rücken hinunter. Eine Mutter, die ihr eigenes Kind nicht mehr sehen durfte?

„Aber warum hast du dich nicht gewehrt? Das hättest du doch niemals einfach so schlucken dürfen. Du als Mama hattest doch auch Rechte, oder?", warf Sophia fassungslos ein. Maria schüttelte wehmütig den Kopf.

„Nein. Mein Mann drohte mir, wenn ich mich nicht an diese Abmachung hielte, würde er eine dreckige Schlammschlacht vom Stapel brechen. Eine, in der er das alleinige Sorgerecht beantragen würde. Er ließ keinen Zweifel daran, wer den Fall gewinnen würde. Danach hätte er geplant, Marcel in ein Schweizer Internat für höhere Söhne und Töchter abzuschieben." Sophia schüttelte verständnislos den Kopf. Das konnte, nein, das durfte doch alles nicht wahr sein.

„Sophia, ich bitte dich: Sieh die ganze Sache im größeren Kontext. Ich hatte zur damaligen Zeit null Chancen auf Erfolg. In Bayern war man lange sehr konservativ. Und natürlich wollte ich meinem Sohn einen Heimplatz ersparen. Du kannst dir sicher vorstellen, was das für einen jungen Menschen in der Entwicklung bedeutet hätte.", gab Maria zu bedenken. Bei genauer Betrachtung hatte sie völlig Recht.

„Ich wollte mich wenigstens von meinem Sohn verabschieden. Selbstverständlich in der Hoffnung, ihm dabei heimlich einen Brief zustecken zu können. Darin hätte ich ihm alles erklärt. Doch dazu ist nicht gekommen. Albert hatte Marcel bereits gegen mich aufgewiegelt. Mich verbal vor ihm bloßgestellt und mir allein die Schuld am Scheitern unserer Ehe gegeben." Maria entschlüpfte ein herzzerreißender Seufzer. Voller Gram sprach sie weiter.

„Mein Sohn weigerte sich also, mich ein letztes Mal zu sehen. Er verbannte mich komplett aus seinem Leben."

„Und warum ist euer Verhältnis heute wieder normal oder zumindest besser?", wollte Sophia wissen. Nie hätte sie so eine Horrorgeschichte hinter der heilen Fassade erwartet.

„Nun, meine Geschichte ist noch nicht ganz zu Ende. Ich zog mit meinem neuen Partner zusammen. Nichtsdestotrotz ging ich als Alberts Ehefrau pro forma weiterhin mehrmals jährlich mit auf juristische Meetings. So hatte er es bestimmt. Du kannst dir vorstellen, wie unendlich schwer mir das fiel. Natürlich fragte ich jedes Mal als erstes nach Marcel. Ich durfte ihn von da an wenigstens ab und zu von der Schule abholen. Doch ich blieb ihm fremd. Jedes Mal fiel ich danach in eine tagelang andauernde Depression. Und ich machte mir ungeheure Vorwürfe, dass ich mein eigenes Kind so im Stich ließ." Jetzt war es endgültig um Marias Fassung geschehen. Dicke Tränen rannen ihr gegen Ende der Schilderungen die Wangen herunter. Wen wundert's, dachte die Schwiegertochter bei sich.

Sophia war sich nicht sicher, wie sie auf all das reagieren sollte. Am liebsten hätte sie Maria tröstend in die Arme genommen. Es war einfach eine unglaubliche Geschichte. Eine, die auch Sophia mächtig zusetzte.

Erst nach ein paar Minuten war Maria imstande, mit dem Erzählen fortzusetzen.

„Doch schließlich kam alles anders. Ich trennte mich nach einiger Zeit von meinem italienischen Lebensgefährten und bat Albert um Vergebung. Ich konnte und wollte einfach nicht mehr ohne meinen Sohn sein. Doch mein Ehemann konnte mir die Schmach, die ich ihm angetan hatte, immer noch nicht verzeihen." Wieder musste Maria kurz pausieren.

„Drei Jahre später erlitt Albert einen schweren Herzanfall. Offiziell nach wie vor seine Ehefrau, wurde ich vom Krankenhaus als erste darüber informiert. Mehrere Nächte wachte ich an seinem Krankenbett, während er um sein Leben rang. Ich versuchte während dieser Zeit, Kontakt mit Marcel aufzunehmen. Umsonst. Er weigerte sich immer noch, mich zu treffen. Ich weiß bis heute nicht genau, was mein Mann ihm über mich erzählt hat. Nach einer ganzen Woche holten sie Albert aus dem künstlichen Tiefschlaf. Die irreparablen Folgeschäden waren da noch nicht in ihrer ganzen Dimension abzusehen. Doch wenigstens erkannte er mich gleich. Einige Tage später war eine Unterhaltung mit ihm möglich. Allerdings war Albert zum Pflegefall geworden. Die linke Körperhälfte blieb zum Großteil gelähmt. Er bot mir nach unserem ersten Gespräch an, zukünftig als seine Pflegerin zu arbeiten. Um somit wieder in der Nähe meines

Sohns sein zu können. Ohne zu zögern, nahm ich an. Es gab für mich keine Alternative. Zu lange hatte ich unter der Trennung von meinem Kind gelitten. Aber erst nach und nach, mit viel Geduld und auch nur bis zu einem gewissen Grad schaffte ich es, das Vertrauen meines Sohnes zurückzugewinnen. Du glaubst nicht, was mir das bedeutete. Und nach wie vor bedeutet, liebe Sophia."
Maria schien immer noch nicht fertig mit ihren Ausführungen. Nun wollte Sophia auch das Ende wissen.
„Ab diesem Zeitpunkt führten wir die Anwaltskanzlei praktisch zu dritt. Vom Rollstuhl aus beriet Albert Marcel bei wichtigen Entscheidungen. Ich half unserem Sohn in der ersten Zeit, diese umzusetzen und die Kanzlei weiterhin nach außen zu repräsentieren. Der arme Junge war noch so jung. Nebenher absolvierte er erfolgreich sein Jurastudium. Marcel war unmenschlich zielstrebig. Und ich als seine Mutter war unglaublich stolz auf meinen verloren geglaubten Sohn."

Sophia schüttelte ungläubig den Kopf. Was für eine verhängnisvolle Geschichte. Was für ein Schicksal.
„Nun, das erklärt tatsächlich so einiges. Zum Beispiel, warum Marcel ein Misstrauen dem weiblichen Geschlecht gegenüber hat. Und auch, weshalb er sich wie ein Patriarch benimmt. Die meisten Frauen sind in seinen Augen vermutlich über Leichen gehende Emanzen. Solche, die sich selbst verwirklichen wollen. Es beantwortet außerdem, warum er nicht fähig ist, sich auf eine richtige Bindung mit mir einzulassen. Und warum er so ein Ego-Sack ist. Oh, entschuldige!" Sophia erschrak selbst über ihre lauten Gedanken. Es arbeitete fieberhaft in ihrem Gehirn. Was hätte sie nur in der Pubertät während ihrer Geigenkrise ohne Lena gemacht. Nicht auszudenken. Marcel hatte ohne eine liebende Mutterfigur bestimmt immens gelitten. Und Maria als Mama stark ver-

misst. Unabhängig davon, was sein Vater über sie gelogen hatte.

„Genau darum habe ich dir das alles erzählt, Kindchen. Damit du halbwegs verstehst. Marcel ist ein Pascha, das steht außer Frage. Und ihn und mich verbindet bis heute eine ambivalente Liebe. So eine Art Hassliebe. Aber: Er hat erklärbarerweise Angst vor seinen eigenen Emotionen. Genauso wie vor zu viel Nähe. Wahrscheinlich ist seine Furcht, abermals verlassen zu werden, so wie damals von mir, immer noch immens. Bevor ihn jemand verlassen kann und ihm emotional Schmerzen zuführt, verzichtet er lieber auf tiefgehende Beziehungen. Diese ganze tragische Entwicklung scheint ihn in der Pubertät viel mehr geprägt zu haben, als ich vermutet hatte. Bei allem Verständnis erinnert er mich zu meinem Entsetzen mit jedem Jahr mehr an seinen Vater."
Auf Marias Stirn zeigte sich eine tiefe Sorgenfalte.

„Aber du tust ihm so gut. Sehr gut sogar. Ich wünschte, er würde dich etwas angemessener behandeln. Du bist eine wunderbare Frau, Sophia. Du stehst auf eigenen Füßen, hast einen einzigartigen Künstlerberuf, der eher eine Berufung ist. Du bist finanziell unabhängig. Und vor allen Dingen bist du liebevoll und empathisch. Diese Eigenschaften schätze ich sehr." Sophia waren so viele Komplimente peinlich. Rasch und bescheiden senkte sie ihren Blick.

„Das habe ich ihm vor und nach eurer Hochzeit auch mehrfach unter vier Augen unter die Nase gerieben. Wie froh er sein muss, eine so kluge, selbständige, attraktive Frau gefunden und an seiner Seite zu haben. Und er solle sich nicht wie ein Macho aufführen, sondern dich gefälligst mehr wertschätzen. Aber wie es scheint, habe ich gegen Windmühlen gepredigt." Maria klang verbittert.

„Ich liebe dich wie eine eigene Tochter." Daraufhin nahm sie Sophia gerührt in ihre Arme. Die beiden wiegten wie selbstverständlich kurz hin und her. Sie fühlten sich durch das geheime Wissen und ihr Schicksal auf tragische Weise miteinander verbunden.

Dieses Gespräch war Marcels vorläufige Rettung vor einer endgültigen Abwendung seiner Frau. Aufgrund der neuen Informationen konnte Sophia sich in den pubertären jungen Mann von damals hineinfühlen. Wie unmenschlich, so wichtige Jahre seines Lebens ohne Mutter auskommen zu müssen. Und wie bösartig von seinem kaltherzigen Vater. Sophia brachte deswegen neues Verständnis auf für Marcels unkorrektes Benehmen ihr gegenüber, obwohl er sie mit seiner eiskalten Art immer wieder aufs Neue verletzte. Sie erkannte, dass es nicht nur Gut und Böse oder Weiß und Schwarz auf dieser Welt gab. Das Leben bestand viel mehr aus völlig verschiedenen Grautönen, die irgendwo dazwischen lagen. In diesem ‚Dazwischen' befand sich ihr Mann aufgrund seiner persönlichen Lebensgeschichte wohl gerade. Selten zeigte er seine sanften Züge, manchmal die dazwischen und oft eben auch die unmenschlichen, kohlrabenschwarzen. Aufgrund seines persönlichen Leidenswegs phasenweise in Extremen. Sophia war noch einmal bereit, alles Nötige dafür zu tun, dass die humane Seite letztendlich überwiegte und über die böse triumphierte. Und ihre Ehe damit gerettet würde.

Maria hatte die Wahrheit erzählt. Jedoch mit Bedacht darauf, keinesfalls zu erwähnen, dass es in der Vergangenheit hauptsächlich die zahlreichen nebenbei unterhaltenen Bettgeschichten ihres Sohnes gewesen waren, die immer wieder zu Trennungen geführt hatten.

**Elftes Kapitel**

In den darauffolgenden Monaten zeigte Sophia viel Toleranz, was Marcels Überstunden anging. Sie blieb untypischerweise ruhig, selbst wenn er ihr gegenüber übellaunig und abweisend war. Inständig hoffte sie, ihn mit ihrer überdimensionalen Nachsicht in absehbarer Zeit von ihrer Liebe und ihrer hundertprozentigen Loyalität zu überzeugen. Er sollte dadurch das nötige Vertrauen zu ihr aufbauen können. Nur gelegentlich kam Sophia nicht darum herum, ihn um etwas mehr Aufmerksamkeit und Rücksichtnahme zu bitten.

„Nächste Woche startet meine Tournee in Norddeutschland. Willst du mich begleiten? Ich weiß selbstverständlich, dass du genug Arbeit im Büro hättest, aber deine Mitarbeiter könnten währenddessen ja einiges für dich..." Noch bevor Sophia fertig gesprochen und das Wort ‚erledigen' hinzugefügt hatte, wurde sie genervt unterbrochen.

„Meine Mitarbeiter, die können leider gar nichts. Übernächste Woche ist die Gerichtsverhandlung des Politiker-Ehepaares Michinsky. Die Ehefrau meines Mandanten fordert die Hälfte des gemeinsamen Vermögens. Die Hälfte, verstehst du? Das ist sogar für mich eine echte Herausforderung. Diese hinterhältige Schlampe hat den besten Scheidungsanwalt in ganz Bayern engagiert. Den besten - nach mir natürlich.", erklärte Marcel ihr den Sachverhalt. Sophia war ehrlich enttäuscht über seine Aussage.

„Du könntest doch wenigstens die erste Hälfte der Woche mitreisen und mir bei meinen Auftritten zur Seite stehen? Bitte, nur bis Ende September." Sophia gab noch nicht auf.

„Naja."

„Bitte, bitte, Schatz. Es würde mir so viel bedeuten!" Er schien scharf zu überlegen.

„Nun, also - meinetwegen. Aber nur bis Mittwoch, den 30. Juni. Dann bleiben mir noch zehn Tage bis zur ersten Verhandlung", willigte er schließlich etwas widerwillig ein.
„Perfekt!"
Sophia freute sich. Er war extra für sie für einmal über seinen Schatten gesprungen.

Sie näherten sich einander in den paar gemeinsamen Tagen im Norden tatsächlich wieder etwas an. Sophias Eltern waren wie üblich mit von der Partie. Sie spürten jedoch instinktiv, dass es richtig war, das frisch vermählte Paar abseits der Konzerte in Ruhe zu lassen. Deshalb hielten sie sich dezent im Hintergrund. Beiläufig hatte Sophia in den Telefonaten der vergangenen Wochen angedeutet, wie sehr ihr Mann unter beruflichem Stress litt. Dabei hatte die geliebte Tochter alles andere als glücklich geklungen.
Die jungen Eheleute konnten also viel Zeit allein verbringen und bei gemeinsamen Restaurantbesuchen intime Gespräche führen. Das bewirkte, dass Marcel gelöster war als sonst. Vermehrt packte er seine charmante Seite aus. Sophia konnte ihrerseits nachvollziehen, warum sie sich vor mehr als einem Jahr in diesen Mann verliebt hatte. Ihre wochenlange Toleranz und Geduld hatten offenbar Wirkung gezeigt. Marcel schien ihr endlich zu vertrauen. Auch die ungewohnt gewordene körperliche Nähe war wohltuend. Und bedeutete bis zu Marcels Abreise, endlich wieder guten, abwechslungsreichen Sex zu haben. Sowohl, was fantasievolle Orte als auch, was originelle Ausführungen betraf. Die zweite Hälfte der Tournee absolvierte Sophia wie abgemacht ohne Marcel.

Als sie ein paar Tage später nach getaner Arbeit erschöpft und ausgelaugt in die gemeinsame Münchner Wohnung zurückkehrte, war er nicht da. Sophia hatte Marcel per Whats-

App geschrieben, wann sie ungefähr ankommen würde. Er hatte ihr aber nicht geantwortet. Höchstwahrscheinlich war er noch im Büro bei der Arbeit. Sie kannte das ja. Obwohl er um diese späte Uhrzeit für gewöhnlich bereits zuhause war. In der kommenden Woche fand allerdings die erste, so wichtige Anhörung im Fall Michinsky statt. Sophia hatte mehrmals vergeblich versucht, ihn unter seiner Büronummer zu erreichen. Nach den gemeinsamen schönen Tagen war ihr seine nunmehrige stundenlange nächtliche Abwesenheit doch recht mysteriös vorgekommen. Zudem hatte sie sich so auf ihren Mann gefreut. Aus Sorge um ihn hatte sie kein Auge zugemacht. Je mehr Minuten vorbeigezogen waren, umso mehr war ihre Furcht gewachsen, dass sich etwas Schreckliches zugetragen haben müsse.

Als die Tür endlich ins Schloss fiel, war es drei Uhr morgens. Marcel wollte gerade auf Zehenspitzen an seiner vermeintlich schlafenden Frau vorbeischleichen. Es haute ihn fast aus den Socken, als sie in die Dunkelheit fragte:

„Wo warst du denn so lange?" Sie bekam keine Antwort. Auch nicht nach ein paar Sekunden. Langsam nahm ihre Stimme einen vorwurfsvollen Klang an.

„Du hättest mich wenigstens kurz anrufen können, Marcel." Sie versuchte immer noch, einzulenken und nicht allzu beleidigt zu klingen.

„Erstmal hallo, Babe. Wieso bist du noch wach so spät? Ich wollte dich nicht aufwecken. Ich bin nochmals alle Akten bezüglich Michinsky durchgegangen. Das ist der aufwändigste Fall, den ich jemals hatte. Du kannst dir das nicht vorstellen. Ich bin echt hundemüde. Können wir morgen weiterreden?" Damit legte er sich auf seine Bettseite und rehte ihr den Rücken zu. Zwei Minuten später schnarchte er tief und fest neben ihr.

## Zwölftes Kapitel

Ab diesem Zeitpunkt stellte sich bei Sophia trotz aller festen Vorsätze eine unausweichliche Entfremdung ein. Um nicht zu sagen ein fatales Misstrauen. Es war ein Riss zwischen Marcel und ihr entstanden. Einer, der selbst bei Rücksichtnahme oder mit Geduld ihrerseits nicht gekittet werden konnte. Tief im Inneren hatte sie endgültig aufgegeben, ernsthaft um ihre Beziehung zu kämpfen. Körperlich äußerte sich diese Tatsache in einem unheilverheißenden nervösen Kribbeln in der Magengegend, das sie tagelang nicht mehr loswurde. Es bahnte sich bereits ein Orkan an. Doch noch war Sophia nicht reif, sich diese Tatsache offiziell einzugestehen.

Es hatte sich längst eingebürgert, dass Marcel täglich erst spätabends zuhause auftauchte. Meist legte er sich direkt auf die Couch, um sich zur Erholung noch eine triviale Serie oder eine mehr oder weniger spannende Doku ‚reinzuziehen'. Hilflos ließ Sophia ihn gewähren.
An jenem verhängnisvollen Abend hörte sie ihn vor der Glotze laut vor sich herschimpfen.
„Wie kann man nur so lebensmüde sein. Das ist naiv. Und primitiv. Alles Irre, alles Irre." Respektlos redete er weiter.
„Schau dir das mal an, Sophia. Diese Basejumper, was sind das denn für Typen? Wohl alle nicht normal. Freiwillig den Berg hinunterzuspringen. Solche Idioten.", Er lachte und motzte unverfroren in ihre Richtung. Zur Untermauerung tippte er sich mit dem Zeigefinger an die Stirn.
Sophia starrte gebannt auf den Fernseher. Der Mund blieb ihr sperrangelweit offen vor Entsetzen. Sie konnte kaum glauben, was sie gerade sah. Es lief eine Sendung über die

Basejumping-Szene im Hotspot Interlaken. Im Hintergrund erkannte sie deutlich ihren Freund Felix mit einigen seiner Extremsport-Kumpels aus der Community. Sophia verharrte mehrere Sekunden in Schockstarre.
Dann schrie sie ihren Mann aus dem Nichts wie eine Furie und vollkommen von Sinnen an.
„Was weißt du schon davon? Sag's mir, Marcel! Na? Hast du in deinem Leben schon jemals etwas riskiert? Kennst du Leidenschaft, die brennt? Du hast doch keine Ahnung, du Klugscheißer. Und überhaupt, für wen hältst du dich eigentlich?"
Überrascht musterte er sie wie eine Unbekannte. Auf so viel Hass und Feindseligkeit war er überhaupt nicht eingestellt. Auch nicht auf diese Lautstärke.
Sophia stürmte aus dem Raum, ein Sturzbach an Tränen rann ihr übers Gesicht. Fest verschloss sie die Tür des Schlafzimmers hinter sich. Wie betäubt legte sie sich aufs Ehebett. Ein abgrundtiefer Schmerz durchzuckte ihren ganzen Körper. Der kiloschwere Stein auf ihrer Brust raubte ihr den Atem. Sie konnte nicht mehr.

Nach einer Weile wurde Sophia bewusst, dass sie ihren Kopf dringend frei bekommen musste. Die einzige Lösung, die ihr einfiel, war die, erneut nach Lefkada zu reisen, um dort in Ruhe über alles nachzudenken. Sie plante, sofort nach ihrem nächsten Konzert, also in vierzehn Tagen, mit ihren Freundinnen dorthin in Urlaub zu fahren. Sie würden es zu dritt mal wieder richtig krachen lassen. Außerdem würde sich Sophia die Freiheit nehmen, allein und in langen Strandspaziergängen über die schier unerträglich gewordene Lebenssituation gründlich nachzudenken.

Marcels zweitägige Geschäftsreise über das bevorstehende Wochenende kam ihr äußerst gelegen. Seit jenem unrühmlichen Vorfall hatten sich die Eheleute so gut es ging ignoriert. Zum Glück hatte ihr Mann nicht weiter nachgefragt, was es mit ihrem Schreianfall letzthin auf sich gehabt hatte. Es schien ihn nicht zu interessieren. Wie üblich machte Marcel lieber sein eigenes Ding.
Ehrlicherweise hatte er den Grund für Sophias Tobsuchtsanfall auch gar nicht wissen können. Sie hatte nie etwas von der extravaganten und gefährlichen Passion ihres Ex-Freundes erzählt. Vorsorglich. Marcel hätte diese noch um ein Vielfaches weniger nachvollziehen können als sie selbst. Wie sich jetzt bestätigt hatte.

Die Dokumentation über das Basejumpen ging Sophia nicht mehr aus dem Kopf. Bis in den Tiefschlaf hinein verfolgten sie Bilder von Tom und Felix. Wie die beiden direkt am Abgrund standen, um in Kürze abzuspringen. Mehrmals wachte sie schweißgebadet mitten in der Nacht auf. Von Albträumen gepeinigt. So lange, bis sie realisierte, dass sie die längst vergangenen Ereignisse nie ganz verarbeitet hatte. Sie hatte sie schlichtweg verdrängt.

In dieser Situation kam ihr zum ersten Mal wieder in den Sinn, Felix anzurufen. Vielleicht brachte ein Treffen mit ihm neue Erkenntnisse. Oder wenigstens annähernd so etwas wie seelische Erleichterung.

Sophia verabredete sich an jenem partnerfreien Wochenende mit Felix auf den frühen Freitagabend im ‚Dinatalia'. Er war in den vergangenen Monaten ausgerechnet von München nach Hamburg hinaufgezogen. Angeblich, um dort in einer Werft eine Ausbildung zum Schiffsbauer zu beginnen.

Das hatte jedenfalls ein gemeinsamer Bekannter behauptet, den sie neulich zufällig an der U-Bahnstation Odeonsplatz getroffen hatte. Auf Nachfrage hatte der ihr während der gemeinsamen Wartezeit auf die Bahn bereitwillig Felix' neue Nummer gegeben.

Seltsamerweise war Felix gar nicht erstaunt über ihren Anruf gewesen. Wie wenn er bereits darauf gewartet hätte, sagte er Sophia zu ihrer Verblüffung sofort zu. Ja, er wollte sie in München treffen. Obwohl das eine mehrstündige Bahnreise von Nord nach Süd für ihn bedeutete. Eventuell war er ebenso wie sie immer noch auf der Suche nach Antworten.

## Dreizehntes Kapitel

„Hallo, Sophia. Wie geht es dir?", begrüßte er sie sichtlich erfreut und mit Küsschen bei seinem Eintreffen.

„Hallo, Felix. Schön, dich zu sehen. Und danke, dass du gekommen bist." Unsicher zeigte sie auf den Stuhl gegenüber.

„Hab gehört, du wohnst jetzt in Hamburg?"

„Ja. Ja, das tue ich. Ich brauchte dringend Abwechslung von den süddeutschen Traditionen und Ansichten." Sophia nickte. Das konnte sie nur zu gut verstehen. Auch sie fühlte oft diese gewisse Enge im deutschen Süden.

„Ich habe von deiner Heirat gehört. Von Alex. Das war doch überraschend für mich. Nun, ich hoffe, du bist glücklich." Durchdringend sah er sie an, konnte aber keine Reaktion erkennen.

„Ja. Ja, bin ich. Und du? Bist du in der Zwischenzeit mit jemandem zusammen?"

„Naja, ich habe neulich eine Fallschirmspringerin kennengelernt. Eine wilde Socke. Könnte also zu mir passen." Er lachte verlegen. Das entsprach der Wahrheit. Es handelte sich um eine dieser typisch losen und unverbindlichen Sportlerbeziehungen. Wie zwischen ihm und Tom ursprünglich ausgemacht. Bis Sophia dazwischengekommen war. Da hatte Felix live miterlebt, was eine feste, tiefe Bindung bei ihrer Extremsportart im Ernstfall für den Zurückbleibenden bedeutete. So viel Leid konnte und wollte er niemandem zumuten. Niemals.

Tom und er hatten sich zu Beginn ihrer Bekanntschaft und des waghalsigen ‚Unternehmens Basejumpen' geschworen, gegenseitig für den anderen einzuspringen, sollte es jemals einen von ihnen beiden erwischen. In jeder Beziehung. Deshalb war er jetzt da.

Allerdings hatten sie beide dabei nicht bedacht, dass das in der Realität auch für sie als mutige Kerle nicht so einfach umsetzbar wäre. Seit Toms Tod war das Basejumpen für Felix ein anderes geworden. Das unbeschreibliche Gefühl der Unbeschwertheit im freien Fall war geringer als früher. Der Verlust des besten Freundes hatte eine bestimmte Wehmut und Schwere mit sich gebracht, die ihn bei jedem einzelnen Sprung in die vermeintliche Freiheit überkam. Sophia riss Felix mitten aus seinen ernsten Gedanken.

„Ich freue mich, dass du glücklich bist. Das hast du echt verdient, Mann.", entgegnete sie ihm ehrlich.

Felix blickte sie forschend an. Er sah eine hübsche und melancholisch wirkende junge Frau mit einer besonderen Ausstrahlung. Einer spezifischen Aura. Diese rührte nicht allein vom Äußeren her. Es war mehr ein inneres Scheinen. Ein Charisma, das jeden Raum erfüllte, sobald sie ihn betrat. So kam es Felix zumindest vor.

„Idiot, sie ist verheiratet. Und dazu auch noch glücklich.", schalt er sich in dem Augenblick vernunftbestimmt.

„Der Grund, warum ich deiner Einladung zu einem Treffen gefolgt bin, ist eigentlich dieser." Nach kurzem Zögern holte Felix einen dunkelgrünen Rucksack unter dem Tisch hervor. Schweigend legte er ihn vor sich hin. Dabei senkte er traurig den Blick. Sophia stutzte einen Moment. Den kannte sie nur zu gut. Es war Toms und ihr gemeinsamer Picknickrucksack. Sie hatte ihn damals bewusst in der gemeinsamen Wohnung zurückgelassen. Zu viele schmerzliche Erinnerungen an ihre Ausflüge waren damit verbunden gewesen. Allerdings war der Rucksack bei ihrem endgültigen Weggang nach München ohnehin verschwunden gewesen. Und aus besagten Gründen hatte sie nicht weiter danach gesucht.

Was sie nicht wusste, war, dass Felix ihn unmittelbar nach dem tragischen Unglück im Inneren von Toms riesigem Fallschirmranzen entdeckt hatte.
Seine Emotionen, die Trauer und das Leid hatten Felix erst wochenlang zurückgehalten, diesen zu öffnen. Letztendlich hatte er sich vor einiger Zeit doch dazu überwinden können.

Sophia griff gespannt nach dem vertrauten dunkelgrünen Gegenstand. Sekundenlang kramte sie darin. Schließlich holte sie eine kleine, geschmackvoll verpackte Schachtel hervor. Mit zittrigen Händen öffnete sie sie. In einer stilvollen Schmuckschatulle lag ein schlichter Weißgold-Ring.
Sophia rang nach Atem. Ihr fehlten die Worte.
Tom hatte sie also heiraten wollen. Den Antrag hatte er dem Anschein nach bereits fest geplant und vorbereitet. Das war an Dramatik nicht mehr zu überbieten. Ihre Kehle wurde trocken. Tränen vernebelten ihr den klaren Blick.

Wann hatten sie und Tom diesen Rucksack das letzte Mal in Verwendung gehabt? In ihr arbeitete es fieberhaft.
Vermutlich hätte Tom sie bei ihrem letzten gemeinsamen Picknick im Park fragen wollen. Womöglich hatte er bloß auf den passenden Moment gewartet. Sophia erinnerte sich plötzlich ganz genau. Sie hatten den romantischen Augenblick mit ihrem gegenseitigen Necken und Blödeln damals wohl selbst zerstört. Und es war von ihr ausgegangen. Einzig und allein von ihr.
Sie war erschüttert. Absolut erschüttert über diese Erkenntnis.
„Sophia, es tut mir so leid. Aber ich dachte mir, dass du die Wahrheit verdient hast." Felix tat es richtiggehend körperlich weh, seine gute Freundin, beziehungsweise die Beinahe-Witwe seines besten Kumpels, so verzweifelt zu se-

hen. Sie wirkte völlig abwesend. Und so unglaublich verletzlich. Gerne hätte er sie jetzt in den Arm genommen.

Den ganzen nächsten Tag verbrachte Sophia im Bett. Starkes, migräneartiges Kopfweh machte ihr zu schaffen. Beinahe so stark, wie das am Vortag Erfahrene. Tom hatte sie heiraten wollen und sie hatte keine Ahnung gehabt. Wie sehr sie sich das gewünscht hatte: Eine gemeinsame Zukunft mit ihrem Lebensmenschen - ihrem Seelenverwandten.
Es nützte alles nichts. Sie musste Tom endgültig aus ihrem Gehirn verbannen, wenn sie irgendwann wieder glücklich werden wollte. Ein für alle Mal.

## Vierzehntes Kapitel

Am Sonntagmorgen vernahm Sophia noch im Bett liegend, wie sich der Schlüssel der Wohnungstür drehte. Jemand trat ein. Verwundert und verängstigt lief sie aus dem Schlafzimmer. Im Flur landete sie direkt in den Armen ihres Mannes.

„Oh, ich wollte dich nicht wecken, Babe. Die heutige Sitzung wurde in letzter Sekunde abgesagt. Da habe ich gedacht, ich überrasch dich mal. Freust du dich?" Damit streckte er ihr einen riesigen Blumenstrauß aus mindestens 20 langstieligen roten Rosen entgegen. Misstrauisch nahm Sophia sie entgegen. Er sollte keinesfalls glauben, alles wäre wieder in Butter zwischen ihnen, nur weil er zur Abwechslung an sie gedacht hatte. Außerdem dauerten seine geschäftlichen Aufenthalte normalerweise das ganze Wochenende. Konferenzen und Meetings am Freitag und Samstag, Konferenz am Sonntag in der Früh, dann Rückfahrt. Er nahm sie fest in die Arme. In Sophia sträubte sich alles dagegen. Sie glaubte, Biergeruch aus seinem Mund wahrzunehmen. Er hatte doch eine leichte Alkoholfahne? Und woher nahm er in aller Herrgottsfrühe einen frischen Blumenstrauß? Doch Marcel lachte ihr Misstrauen einfach weg. Beleidigt meinte er:

„Mach dich nicht lächerlich. Und schau nicht so böse. Sei doch einfach glücklich über meine kleine Aufmerksamkeit." Unter seinen Küssen wurde sie regelmäßig schwach. Und wieder brachte sie es nicht fertig, sich gegen seine Liebkosungen zu wehren.

Mit aller Macht klammerte sich Sophia an diese Beziehung. Die doch funktionieren müsste, wenn sie sich bemühte. In Wahrheit glich ihre Ehe immer mehr einer schmutzigen Affäre. Einer, die allerdings auch gleich die alltäglichen

Hausarbeiten inkludierte. Mehrmals verbot Sophia sich, diesen schrecklichen und ab und an willkürlich auftretenden Gedanken bis zu Ende zu verfolgen.

Der Liebesakt war auch diesmal wieder ein besonders heftiger gewesen. Gierig hatte er sie an die Wand des schmalen Ganges gedrängt und ihr schnell das Unterhöschen ausgezogen. Danach war er rücksichtslos von hinten in sie eingedrungen. Er sah den Akt als eine Art Machtspiel an und war dabei besonders heftig erregt gewesen. Sophia verstörte diese Art der Liebe mehr und mehr. Einerseits hatte es sie erschreckenderweise ebenfalls erotisiert. So auf die Schnelle lüstern genommen zu werden. Andererseits hätte sie sich wenigstens ein kleines bisschen Gefühl und Romantik dabei gewünscht. Oder zumindest kurz danach. Sie fühlte sich schäbig. Für seine eigene Befriedigung benutzt, um nicht zu sagen, missbraucht. Wie so oft in letzter Zeit.

Die folgenden Tage kam Sophia glücklicherweise nicht allzu viel zum Nachdenken. Mit intensiven Übeeinheiten und anstrengenden Orchesterproben bereitete sie sich auf die anstehenden Konzerte vor. Ihr war bewusst, dass das aus persönlicher Sicht im Moment kein Nachteil war. So war sie mit genügend Arbeit eingedeckt und konnte all den privaten Problemen kaum nachsinnen. Aus intuitiver Angst vor einer Eskalation hatte sie Marcel mitgeteilt, zum Üben vorübergehend nachhause zu den Eltern zu ziehen. Dort hätte sie die nötige Ruhe und Unterstützung durch ihren Vater, den ehemaligen Musiker.
Mehrmals wurde ihr leicht übel während des exzessiven Übens. Oder aber sie bekam ohne ersichtlichen Grund starke Kopfschmerzen. Sie wäre doch nicht etwa schwanger? Die-

sen Gedanken verwarf sie nach kurzer Überlegung wieder. Unmöglich. Sie nahm täglich penibel genau die Pille ein. Nach ein paar anstrengenden Tagen, die Sophia mit dem Feinschliff für die bevorstehenden Auftritte und mit abendlichen Orchesterproben verbrachte, geschah es dann.

Maestro Kyrillov forderte wie immer volle Konzentration von seinen Musici. Speziell aber von den für sündhaft teures Geld eigens engagierten Solisten. Während jener Abendprobe fühlte Sophia sich schlapp und abgekämpft wie nie zuvor. In ihrem Kopf schwirrte es wie in einem Bienenschwarm. Es war ein Ding der Unmöglichkeit, sich, wie sonst üblich, beim Spielen erfolgreich zu verausgaben. Ganze zwei Mal verpasste sie im Brahms-Violinkonzert ihre Soloeinsätze nach den Tutti-Stellen. Sie nahm wahr, wie Dirigent Kyrillov sie überrascht von der Seite fixierte. Gott, wie peinlich! Schließlich hatte er sich persönlich für sie als Solistin eingesetzt. Die mehrfache Zusammenarbeit mit dem exzentrischen Maestro war bisher immer solide, seriös und von gegenseitigem Respekt geprägt gewesen. Wie konnte das also ausgerechnet ihr und ausgerechnet jetzt passieren? Warum funktionierte sie nicht so perfekt, wie gewöhnlich?

„Frau Hohenberg, wir werden diese Stelle hier jetzt noch ein allerletztes Mal versuchen. Ansonsten müssen wir die Probe für heute abbrechen.". Der Stardirigent drohte ihr also, genervt und verärgert zugleich. „Bitte nochmals, von Takt 238 weg.", bat er seine Orchestermusiker entschuldigend.

Sie bemerkte gerade noch, wie ihr schwarz vor Augen wurde. Langsam entglitt ihr die Geige. Sie war komplett machtlos dagegen.

Als Sophia erwachte, lag sie im Bett ihres alten Jugendzimmers. Sie fühlte sich seltsam. Wie hinter einem dichten Nebelschleier. Ihr Vater Alfred saß auf einem Hocker vor ihr und sah sie mit ernster Miene an:

„Was ist denn, Papa? Ich bin doch nicht etwa...", setzte Sophia nach einigen Sekunden perplex an. Das wäre angesichts der letzten Entwicklungen eine einzige Katastrophe.

„Du meinst, ob du schwanger bist? Aber nein, mein Kleines. Das war auch der erste Gedanke deiner Mutter." Er hob die Augenbrauen, bevor er in beinahe schuldbewusstem Ton fortfuhr.

„Du hattest vielmehr einen Schwächeanfall. Um nicht zu sagen ein Burn-out." Der Arzt hat dir vor einigen Minuten ein harmloses Beruhigungsmittel gespritzt. Und: Du sollst dich in nächster Zeit unbedingt schonen."

„Aber Papa, die Konzerte.", wandte Sophia sofort ein. Alfred seufzte.

„Ja, ja, die Konzerte. Deine geplanten vier Auftritte in den nächsten Wochen wirst du jedenfalls nicht spielen können. Der Arzt verbietet dir ausdrücklich jegliche Aufregung und jeglichen Stress. Du musst dich mal ordentlich ausruhen und erholen. Du weißt, Liebes, ich sage das nur ungern: Aber er hat Recht. Es war einfach alles viel zu viel in letzter Zeit. Zu viele Termine, zu viel Druck für einen einzigen Menschen. Du bist keine Maschine, die ständig funktioniert, Schatz." Überrascht hörte Sophia ihrem Vater zu.

„Ich werde alle anstehenden Veranstaltungen für die nächste Zeit absagen. Und damit keine Widerrede!"
Wenn ihr ansonsten so harter, ehrgeiziger Papa sich solche Sorgen um sie machte und das so vehement verordnete, dann war dieses strikte Konzertverbot in der Tat berechtigt. Und sie würde sich wohl oder übel daranhalten müssen. Genau so kam es dann auch.

## Fünfzehntes Kapitel

Sophia zog bereits am übernächsten Tag wieder zu ihrem Ehemann in die gemeinsame Wohnung. Etwas Undefinierbares zog sie dahin zurück. Sie sehnte sich nach der gewohnten Umgebung, ihrem hellen Übezimmer. Nicht zuletzt wurde ihr auch das intensive Bemuttertwerden vonseiten der Eltern anstrengend.
Marcel war so rücksichtsvoll, sie in dieser Erholungsphase mehr oder weniger in Ruhe zu lassen. Ohnehin sah sie ihn aufgrund seines Arbeitspensums wie üblich kaum. Doch wenn, dann benahm er sich ihr gegenüber ungewohnt einfühlig. Beinahe liebevoll. Auf alle Fälle aber wachsam und behutsam. Öfters erkundigte er sich in ihrer Krankenphase, ob er ihr etwas bringen solle. Dann kredenzte er ihr einen wohltuenden Grüntee oder irgendetwas anderes, was sie sich wünschte. Sie war ihm dankbar für sein unerwartetes Entgegenkommen. Jedoch fühlte es sich auch nach schlechtem Gewissen seinerseits an.

Trotz der oberflächlichen Annäherung des ungleichen Ehepaares in diesen Tagen, bestand Sophia auf der von langer Hand geplanten Reise nach Griechenland. Sie hatte die Mädels vor einigen Wochen freudestrahlend eingeladen und den Flug nach Preveza bereits fix gebucht. Nach zwei Wochen des mehr oder weniger Nichtstuns auf der Couch, ging es endlich los. Dieser Trip würde ihrer Seele guttun. Das spürte sie schon im Voraus.

Sophia hatte ihren Begleiterinnen nicht zu viel versprochen. Alex, Sandra und Allegra waren der kleinen griechischen Insel von Anfang an genauso verfallen wie sie selbst. Diese zeigte sich auch abermals von ihrer schönsten Seite. Es war

Frühling. Die Orangen- und Zitronenbäume standen in voller Blüte und dufteten betörend. Das Meer schimmerte in allen Blau- und Türkistönen dieser Erde. Die verschiedenen Aussichten von der Klippenstraße aus waren einmalig. An jedem Fleck des Eilandes lag ein betörender Geruch von Knospen, Kräutern und heilsamem Salzwasser in der Luft. Es war ein wahrgewordener Naturtraum für alle Beteiligten.

Untertags lagen die vier Frauen an einsamen Stränden und Buchten, sonnten sich, machten lange Spaziergänge am Meer und unterhielten sich zwischendurch in den wenigen Bars, Cafés und Tavernen, die bereits in der Vorsaison offen hatten.
„Danke, danke, danke, dass du uns eingeladen hast, Sophia. Ich war jahrelang nicht mehr im Urlaub. Ich habe mich schon gar nicht mehr erinnern können, wie gut sich das anfühlt.", jubelte Allegra am zweiten Abend überschwänglich. Sie saßen gemeinsam in der kleinen Strandtaverne mit den bequemen Loungemöbeln aus Holz und aßen Moussaka, griechischen Salat und Meeresfrüchte.
„Gibt es denn einen besonderen Grund dafür? Oder wolltest du uns einfach mal teilhaben lassen an deinem Luxusleben?", erkundigte sich Sandra neugierig.
„Uns ist aufgefallen, dass du oft allein am Strand losziehst, während wir lieber das Nichtstun oder Lesen am Strand genießen. Dein Zusammenbruch gerade erst – das Ganze braucht natürlich seine Zeit. Oder gibt es dafür noch eine andere Erklärung?" Sandra wirkte echt besorgt.
Da sprudelte es förmlich aus Sophia heraus, bevor sie sich der eigenen Worte überhaupt bewusst wurde.
„Wenn du mich so offen fragst, Sandra: Bei Marcel und mir läuft es momentan nicht wirklich rund." Stille.
„Und ich glaube, mein Mann betrügt mich."

Diese Meldung erfolgte wie beiläufig. Sie kam praktisch aus dem Nichts. Drei Augenpaare fixierten sie. Mit diesem Verdacht hatten sie als allerletztes gerechnet. Noch nie hatte sich Sophia in diese Richtung geäußert. Klar, Marcel hatte sein Ego. Auch neigte er unübersehbar zur Wichtigtuerei. Aber ihm deswegen gleich Untreue zu unterstellen?

„Bist du dir sicher? Ihr seid doch nach außen hin so ein stimmiges Paar." Allegra schüttelte ungläubig den Kopf.

„Hast du denn irgendwelche Hinweise oder Beweise?", wollte die grundanständige Alex von ihr wissen.

„Nein, nein. Es ist zugegebenermaßen mehr eine Intuition. Aber natürlich gibt es sehr wohl einige Indizien, die dafürsprechen." Die Freundinnen blickten sie fragend an.

„Neulich kam Marcel zum ersten Mal völlig unerwartet und Stunden früher als gewöhnlich von einer Geschäftsreise nachhause. Noch dazu mit einem Rosenstrauß in der Hand." Zweifelnd wurde Sophia gemustert. Sie beeilte sich, hinzuzufügen:

„Und er ist generell wortkarger und uninteressierter an mir als früher. Zudem hat unsere Sex-Frequenz deutlich nachgelassen."

„Aber das muss doch alles noch gar nichts heißen! Sei mal ehrlich: Es ist doch stinknormal, dass sich nach ein paar geilen ersten Monaten eine Sex- beziehungsweise eine Bettflaute einstellt. Das kennen wir schließlich alle. Das wird wieder." Sandra versuchte, sie zu trösten.

Egal, wie sehr die Freundinnen noch auf sie einredeten, je länger dieser Urlaub dauerte, desto sicherer war Sophia sich mit ihrer Vermutung. Mehr noch, es fiel ihr wie Schuppen von den Augen.

Aber wer war diese Frau? Und wenn ja, was hatte die Unbekannte, was ihr selbst fehlte? Hatte sie ihn durch ihr Tun eventuell gar selbst in deren Arme getrieben, weil sie sich zu wenig Mühe in ihrer Ehe gegeben hatte? Solche und ähnliche Fragen quälten Sophia ab diesem Gespräch.

Dennoch sorgten der Sonnenschein, die Schönheit der Natur an den vielen einzigartigen Orten und die gute Laune der anderen Frauen dafür, dass sie ihre privaten Sorgen und Probleme stundenlang vergaß. Dann ließ sie sich anstecken von deren unterhaltsamem, belanglosem Geplauder und Getratsche. Beispielsweise, ob der rassige dunkle Grieche an der Bar wohl in der Realität eine Xanthippe mit vier Kindern zuhause sitzen hatte. Oder ob dieser Typ im Prinzip nur darauf wartete, von ihnen angeredet und abgeschleppt zu werden. Eine von den vieren opferte sich meistens, direkt die Probe aufs Exempel zu machen. Diejenige warf dem männlichen Gegenüber schmachtende Blicke zu. Bei solchen obszönen Aktivitäten und unmoralischen Überlegungen lachten sich die vier schier kaputt. Ja, sie hatten wahrlich ihren Spaß zusammen. Das tat allen unglaublich wohl. Endlich wieder einmal von Herzen unbeschwert und unbekümmert zu sein. Im Moment hatte außer Sophia keine der anderen eine richtige Partnerschaft am Laufen. Alex war bereits seit mehr als einem Jahr von ihrem Freund getrennt. Allegra genoss wie üblich ihre unverbindlichen Affären. Sandra hatte gerade erst vor zwei Wochen jemanden kennengelernt und war frisch verliebt. Trotzdem genoss auch sie die amüsanten illusionären Spielchen.

In der Villa Lefkas bewohnten Sophia und Alex das größere Schlafzimmer mit nostalgischem Doppelbett, während sich Allegra und Sandra das kleinere mit Ausziehcouch teilten.

Bereits nach wenigen Tagen herrschte in beiden Räumen ohne geräumige Kleiderkästen weibliches Chaos vor. Röcke, T-Shirts, kurze und lange Hosen lagen verstreut am Boden, soweit das Auge reichte. Sogar einen schwarzen, staubigen Spitzen-BH mit auffallenden roten Schleifen an den Seiten zog Sophia am vierten Tag unter dem Bett hervor.

„Hier, dein BH, Alex. Ich habe gar nicht gewusst, dass du so sexy Reizunterwäsche besitzt. Und anscheinend sogar trägst. Ist ein geiles Teil. Naja, man weiß ja nie, wen man im Urlaub trifft, nicht wahr?" Sophia kicherte. Stille Wasser, dachte sie belustigt. Bei der Übergabe zwinkerte sie der Freundin verschwörerisch zu.

Die fand das allerdings weit weniger witzig. Blitzschnell griff sie nach dem Bustier.

„Oh, danke dir! Muss ich wohl am Boden vergessen haben." Alex lief auf der Stelle puterrot an. Haha, da hatte sie die Freundin aber voll erwischt.

Spontan entschloss sich Sophia, nach der gemeinsamen Urlaubswoche noch ein paar Tage allein dranzuhängen. Bei ihrer Suche nach Erklärungen und Lösungen tappte sie komplett im Dunkeln. Ihr Kopf war noch immer nicht stressbefreit.

Mindestens zweimal am Tag unternahm sie nach der Abreise der Freundinnen kilometerlange Spaziergänge am Kite-Strand. Mehrmals unterbrach sie diese, setzte sich in den warmen Sand und sah den Kitesurfern bei der Ausübung ihres faszinierenden Sports zu. Was für ein einmaliges Gefühl der Freiheit müsste es sein, so schnell über die schimmernden Wellen zu gleiten. Bis ins Grenzenlose. Sie beneidete diese sportiven Frauen und Männer um deren Hobby. Oder besser gesagt, um deren Passion.

Das Wetter trübte sich danach mit jedem Tag mehr ein. Seltsamerweise wurde die griechische Natur dadurch nur noch reizvoller. Sophia hielt mit ihrem wendigen Mietauto, einem kleinen roten Fiat, an der höchsten Stelle des staubtrockenen, fast unbefahrbaren Weges. Sie genoss den Ausblick über die kräuselnden weißen Schaumkronen des offenen Meeres bis hin zum fernen Horizont. Die salzige Brise und das Endlose dieser Landschaft brachten ihr das ersehnte Gefühl von Freiheit. Und temporären Frieden in ihrer Seele.

Marcel hatte Sophia bereits mehrfach angerufen und gebeten, nachhause zu kommen. Sie konnte und wollte jedoch noch nicht zurückkehren in den trostlosen Alltag. Ihren Verdacht, dass sein Wunsch womöglich auf die Tatsache zurückzuführen war, dass er keine weißen Hemden mehr im Kleiderkasten vorfand, behielt sie des lieben Friedens willen für sich. Der Gedanke, dass er sich nach ihr sehnte, aus welchem Grund auch immer, gefiel ihr dennoch.
Allmählich besserte sich das griechische Wetter. Die junge Frau unternahm mit ihrem Flitzer eine ausgedehnte Spritztour in die umliegenden Bergdörfer. Beim letzten abgelegenen Haltepunkt ihrer Fahrt entdeckte sie zufällig einen Paragliding-Spot für Einheimische und Touristen. Er war direkt am felsigen Berghang gelegen. Ihm unmittelbar angeschlossen war ein kleines, chilliges Außencafé. Dort schlürfte Sophia genüsslich ihren Café Latte und beobachtete, wie sich einige wenige furchtlose Einheimische und Touristen per Tandemsprung die steile Rampe in Richtung Meer hinunterstürzten. Von diesem Ort wurde sie magisch angezogen. Hier oben spürte sie eine abwechselnd wohltuende und schmerzliche Nähe zu ihrem verstorbenen Freund.
Zusehends realisierte Sophia dabei, dass sie in Marcel im Prinzip einen zweiten Tom gesucht hatte. Unglücklicherwei-

se hatte sie diesen in ihrem Ehemann aber keineswegs gefunden. Es bestand ausschließlich eine optische Ähnlichkeit zwischen den beiden. Keinesfalls eine Wesensverwandtschaft.

In Gedanken sprach sie dort oben am lefkadischen Berg öfters mit Tom. Sie bat ihn um Rat und Hilfe, während sie die mutigen Sportler bei ihrer großartigen Aktivität beobachtete.

„Du hast mich zwangsweise in den Fall geschickt, mein Lieber. Sogar in den freien Fall. Aber leider komplett ohne Schirm.", warf sie Tom gelegentlich auch wütend vor. Mehrmals hintereinander kehrte sie jeweils gegen Abend an diesen Platz zurück. Sie spürte: Eines Tages würde sie den Sprung genau hier hinunter ebenfalls wagen. Doch noch war es nicht soweit.

## Sechzehntes Kapitel

Allerdings konnte Sophia nicht ewig in Griechenland bleiben. Erneut warteten in Deutschland einige größere Konzerte auf sie. Trotz ihres angeschlagenen Gesundheitszustandes hatte sie es nicht übers Herz gebracht, die wirklich wichtigen Konzerte in den ganz großen Konzerthallen abzusagen.
Am letzten Abend vor ihrer Abreise saß sie lange auf der gepflasterten Terrasse am Pool der Villa Lefkas. Zum zig-ten Mal beobachtete sie den traumhaften Sonnenuntergang über dem Meer. Sie konnte sich an diesem herrlichen Naturschauspiel nicht sattsehen.
Als sie sich irgendwann ins Schlafzimmer im oberen Stockwerk begeben wollte, hörte sie im Gangbereich einen hummelartigen Riesenbrummer an der Decke. Sie folgte dem Geschwirr mit ihrem Blick. Dabei fiel ihr erstmals eine türartige Klappe auf. Aha, es gab also auch einen Dachboden. Neugierig machte sich Sophia auf die Suche nach einem Stab, um den Haken von oben herunterzuziehen. Schon nach wenigen Minuten fand sie ihn in der Ecke hinter der Badezimmertüre. Vorsichtig öffnete sie damit die kleine Dachluke.

Oben war es stockfinster. Die schweren Holzbalken des Dachstuhls lagen blank und bedrohlich über ihr. Die Dachschrägen waren so ausgeprägt und steil, dass Sophia nicht aufrecht stehen konnte. Gebückt tastete sie sich vorwärts. Es war abenteuerlich. Nach einigem Suchen fand sie den Lichtschalter gleich neben der Öffnung.
Naja, besonders viel befand sich nicht in diesem Versteck hier oben. Sie hatte sich vorgestellt, eventuell alte Kleider, Geschirr und Ähnliches aus dem Nachlass von Marcels Oma zu entdecken. Einzig eine hässliche, schnörkellose Holzkommode mit vier Schubladen, wahrscheinlich aus den 70er-

Jahren, stand auf der rechten Seite des niedrigen Raumes. Keine Schätze also. Keine unbekannten Familienentdeckungen, keine Geheimnisse. Obwohl.

Gespannt näherte sich Sophia der verwaisten Kommode. Vorsichtig öffnete sie die oberste Schublade. Sie erblickte einen Stapel älterer, leicht vergilbter Fotos. Rasch nahm sie diese heraus und war entzückt von dem, was sie darauf sah: Der etwa dreijährige Marcel auf dem Arm seines Vaters am Meer. Dann der unwesentlich ältere Kleine auf dem Schoß einer Frau mit langen grauen Haaren. Vermutlich seine Oma. Und so weiter und so weiter. Sophias Herz schmolz beinahe dahin, so süß war der braungebrannte Knirps mit seinen halblangen braunen Haaren. Freudig zog sie auch die zweite und dritte Schublade heraus. Nichts – leer. Schade.

Das Öffnen der vierten und letzten Schublade zelebrierte Sophia richtiggehend. Nicht zuletzt in der Hoffnung, nochmals einen interessanten Fund zu machen. Oder doch noch einem bis dato gut gehüteten Familiengeheimnis auf die Spur zu kommen.
Sie wurde nicht enttäuscht. Und wie sie nicht enttäuscht wurde.
Wie versteinert zog Sophia einen dünnen Stapel farbenfroher Fotos heraus, die gleich neben einer brandneuen Polaroidkamera lagen. Nach einer Schrecksekunde schnappte sie nach Luft. Fassungslos starrte sie sekundenlang auf die erotischen Bilder in ihrer Hand: Alex im schwarzen Spitzen-BH mit den roten Schleifen links und rechts auf der Terrasse der Villa Lefkas. Lasziv blickte sie in die Kamera und warf dem Fotografen ein leidenschaftliches Küsschen dabei zu. Fast lächerlich, weil so untypisch für Alex. Das nächste Foto zeigte ihre beste Freundin wiederum in sexy Pose im knappen Biki-

ni auf einer Klippe am Meer. Dann folgte ein Selfie. Es zeigte zwei ihr mehr als wohlbekannte Liebenden einander hochgradig verknallt anhimmelnd.

Sophia hatte genug gesehen. Mehr als genug. Im Schock kletterte sie die Dachbodentreppe hinunter, warf die Klappe heftig nach oben und rannte tränenüberströmt nach draußen. Sie lechzte richtiggehend nach frischer Luft. Das konnte, nein das durfte alles nicht wahr sein. Ihr Ehemann mit ihrer besten Freundin. Die beiden - ein Liebespaar. Unfassbar! Nein, nicht einmal in ihren schlimmsten Albträumen hätte sie sich das vorstellen können. Niemals. Alex und Marcel. Marcel und Alex.

Als sie sich vom allerersten Schrecken erholt hatte, arbeitete ihr Gehirn auf Hochtouren. Wie war das alles möglich? Wie hatte sie nur so arglos sein können? Nach einer Weile der intensiven Denkarbeit erinnerte sich Sophia schlagartig zurück: Alex' schmachtende Blicke, die sie Marcel damals im Foyer zugeworfen hatte. So ähnlich wie sie es vermutlich selbst getan hatte. Dieses Bild im Kopf hatte sie damals jedoch alles andere als beunruhigt. Und keine Sekunde lang beschäftigt. Zweifellos hatte Alex ihn bereits ab da unbemerkt von allen anderen verehrt. Auch eine gegenseitige Anziehung auf beiden Seiten war bei genauerer Betrachtung und jetzt im Nachhinein nicht völlig von der Hand zu weisen. Unverfroren hatte Marcel zurückgeschaut. Und allem Anschein nach alles andere als belanglos freundlich.
Ja, es machte alles plötzlich Sinn. Das Puzzle fügte sich zu einem Ganzen zusammen.

Wieder quälten Sophia Fragen um Fragen: Wie lange lief das wohl schon? Er war mit Alex zweifellos erst unlängst hier ge-

wesen. Das besagten die frischen Fotos. Soviel stand felsenfest. Diese Liebesbeziehung, oder was auch immer, schien noch nicht beendet zu sein.
Warum nur hatte sie trotz all der Beziehungsprobleme mit Marcel nie Anzeichen für diese fatale Affäre entdeckt?

Das Grauenvollste an allem war, dass ihr diese Schmach ausgerechnet die beiden engsten Personen im Leben angetan hatten. Neben ihren Eltern natürlich. Es war dadurch mehr als ein bloßer Vertrauensbruch. Es war Hochverrat. Sophia fühlte sich aufs Grausamste gedemütigt. Schlimmer noch: sie wurde gerade hintergangen und missbraucht. Und sie war nun tatsächlich wie in den seichtesten Liebesfilmen die gehörnte Ehefrau per excellence.

## Siebzehntes Kapitel

Nach einer durchweinten, durchgrübelten Nacht überlegte sich Sophia auf dem Heimflug fieberhaft, wie sie diese beiden perfiden Menschen am nachhaltigsten mit den nun bekannten Tatsachen konfrontieren konnte. Sie sann auf Rache. Am Vorabend waren ihre Enttäuschung und ihr Entsetzen nach ein paar Stunden in pure Wut umgeschlagen. Deshalb ahnte sie, dass sie sich keinesfalls verstellen konnte. Was die Sache wesentlich erleichterte. Sie würde die zwei ohne Umschweife zur Rede stellen und mit den schwerwiegenden Vorwürfen, besser gesagt Beweisen, konfrontieren.

Obwohl Marcel der Zeitpunkt der Landung aufgrund ihres gestrigen Telefonats bekannt war, fehlte von ihrem Göttergatten am Flughafen in München jede Spur. Sophia stieg in ein Taxi und fuhr direkt in die gemeinsame Wohnung. Doch auch dort traf sie Marcel nicht an. Einzig ein Zettel mit den Worten: „Hi, bin noch im Büro. Ich komme bald, Küsschen Marcel" hing am Kühlschrank. Ok, auch gut.
Sophia fuhr direkt mit der U-Bahn weiter zur Kanzlei im Zentrum des Kreuzviertels. Wie eine Furie bahnte sie sich mit starrer Miene und festen Schrittes ihren Weg durch das Großraumbüro. Und zwar bis ins persönliche Vorzimmer des Chefs.

„Frau Hohenberg, ich bitte Sie. Marcel, Herr Hohenberg befindet sich im Augenblick in einem wegweisenden Meeting. Sie können gerne Platz nehmen. In zwanzig Minuten sind die Männer bestimmt fer ...", versuchte die adrette junge Chefsekretärin, sie noch aufzuhalten. Vergeblich.
Mit einem zynischen
„Bei mir ist es auch wegweisend, meine Gute. Glauben Sie mir!", eilte Sophia achtlos an ihr vorbei. In einer Ent-

schlossenheit, wie sie die Angestellten von der gutmütigen Ehefrau des Doktor Jur. bisher nicht kannten, öffnete sie mit einem Ruck die Tür des Konferenzraums. Sechs männliche Augenpaare musterten die hübsche Frau mehr oder weniger wohlwollend. Auf alle Fälle aber verblüfft.

„So, meine Herren, die Sitzung ist für Sie hiermit beendet. Schluss für heute! Und nicht nur das." Sie ließ die Tür einfach offenstehen und zeigte ihnen energisch den Weg nach draußen. Die Bürodamen reckten neugierig die Hälse und steckten bereits tuschelnd die Köpfe zusammen. Als alle draußen waren, ließ Sophia die Tür hinter dem letzten Geschäftsmann heftig ins Schloss krachen.

„Aber, Sophia, was soll denn das. Sei doch vernünftig.", stammelte ihr Ehemann.

„Ich bin vernünftig, Marcel. Aber sowas von." Sophia lachte höhnisch. Mit voller Wucht schmiss sie ihm seine brandneue Polaroidkamera vor die Füße. Durch den scharfen Aufprall zerbarst sie in ihre Einzelteile.

„Hast du dazu irgendetwas zu sagen?", bombardierte sie ihn ungerührt mit der bitteren Wahrheit.

„Ich, ich kann es dir erklären. Sophia, bitte." Er winselte regelrecht um Gehör.

„Na, darauf bin ich jetzt aber gespannt", fuhr es ihr augenblicklich durch den Kopf. Spöttisch auffordernd sah sie ihn an.

„Ich höre!" Mit verschränkten Armen stand sie in ungewohnter Selbstsicherheit vor ihm. Irgendetwas verlieh ihr eine intensive innere Kraft und Stärke. Vielleicht war es auch bloß ihr unbändiger Zorn. Als es ein paar Sekunden dauerte, meinte sie gönnerhaft:

„Ich warte immer noch, mein Lieber. Time is money, stimmt's?".

Nach ein paar weiteren Sekunden der Unsicherheit hatte sich ihr Ehemann wieder gefangen.

„Weißt du, Sophia, als wir nach unserer fabelhaften Lefkada-Reise wieder zuhause waren, fühlte ich mich von dir mehr und mehr unverstanden. Ja, komplett im Stich gelassen. Vor allem, was meine juristische Arbeit und meinen Stress betraf. Du konntest meinen Ehrgeiz in diesen Dingen nicht nachvollziehen. Und schon gar nicht akzeptieren.".

Das war nun der Gipfel der Unverfrorenheit. Er wusste ebenso wie sie, dass sie im Gegensatz zu ihm selbst alles darangesetzt hatte, Rücksicht auf ihn zu nehmen. Und zwar in jeglicher Hinsicht. Als Solistin war sie in ihrem Wirkungsfeld zudem nicht minder ehrgeizig.

„Soso, und da blieb dir nichts anderes übrig, als mich mit meiner besten Freundin hinter meinem Rücken zu betrügen, oder?" Sie schrie nicht. Vielmehr blickte sie ihm verächtlich in die Augen.

„Sag Marcel, hast du mich je geliebt? Und sei bitte für einmal ehrlich!". Sie funkelte ihn feindselig an. Er gab ihr keine direkte Antwort auf diese verfängliche Frage. Und er versuchte daraufhin auch gar nicht mehr, alles abzustreiten. Höchstens noch, sich herauszureden. Allerdings war die Beweislage erdrückend.

Auf beinahe lächerliche Weise erklärte er sich jetzt.

„Naja, ganz am Anfang war es eine simple Wette. Zugegeben. Alex wollte dich wieder mal glücklich sehen. Sie gab mir heimlich deine Telefonnummer. Ich habe zugestimmt, dass ich dich kontaktieren werde. Und dass ich mich, naja, sagen wir mal ‚um dich kümmern' werde. Dann habe ich mich aber in dich verliebt. Das ist die Wahrheit! Ich fand dich anziehend. Das weißt du auch. Und von da an hat alles irgendwie seinen Lauf genommen. Ein Selbstläufer."

Ein Selbstläufer also? Eine banale Wette? Sophia glaubte, sich verhört zu haben. Sie war also nichts weiter als das Opfer einer hinterlistigen Wette der beiden geworden?

„Und was war euer Wetteinsatz? Du glaubst doch nicht, dass ich dir abnehme, dass du dich meiner umsonst erbarmt hast.". Marcel zierte sich.

„Genug der fiesen Spielchen, ‚Babe'. Sonst werde ich Alex höchstpersönlich danach fragen.", drohte Sophia ihm daraufhin hasserfüllt.

„Naja, ich habe dir doch von dem wichtigen Fall des Kommunalpolitikers erzählt, erinnerst du dich?" Sie stutzte. Was hatte das damit zu tun? Doch nach ein paar ratlosen Sekunden kapierte sie.

„Lass mich raten: Du hast von Alex' Rechtsanwalts-Papa diesen medienwirksamen Scheidungsfall zugeschanzt bekommen. Quasi als Belohnung für deine geheuchelte Liebe zu mir?" Sie stellte es fassungslos mehr fest, als dass sie fragte. Marcel nickte.

„Sophia! Sophia, ich bitte dich! Es war ein Fehler, ich weiß. Bitte bleib bei mir! Alles werde ich wieder gut machen. Alles, ich verspreche es dir. Es gibt keine Affären mehr in Zukunft. Ich brauche dich!", bettelte er sie an. Sie reagierte nicht darauf, weil sie den genauen Umständen nun völlig auf den Grund gehen wollte.

„Und warum musstest du mich gleich heiraten?" Ihr war klar, dass es auch damit etwas Hinterlistiges auf sich haben musste. Ihr intriganter Ehemann hatte sie bestimmt nicht aus reiner Liebe geheiratet. So viel stand fest. Wieder arbeitete ihr Gehirn auf Hochtouren. Sie musste versuchen, ebenso raffiniert zu denken wie ihr fieser Herr Gemahl. Plötzlich sagte sie es ihm auf den Kopf zu.

„Du hast mich schamlos dazu missbraucht, deine renommierte Kanzlei nach außen zu repräsentieren. So wie dein Vater früher deine eigene Mutter. Eine solide, loyale Ehefrau an deiner Seite. Eine, die immer zu dir halten würde und aufgrund ihrer eigenen Popularität geradezu ideal wäre, deine Karriere zu pushen. Stimmt's?" Keine Reaktion.

„Weißt du was, Marcel? Du bist Abschaum, nichts als ekelerregender Abschaum! Ich hoffe, das ist dir klar!"
Ob dieser unglaublichen Erkenntnis, musste Sophia aufpassen, ihm nicht eine zu scheuern. Sie hatte das dreckige Spiel endgültig durchschaut. Vollkommen durchschaut.

Mit diesen Worten verließ sie den Raum und später die gemeinsame Wohnung.

## Achtzehntes Kapitel

Ein schwerer Gang stand ihr noch bevor. Der zu Alex. Es war bereits Nacht, aber sie musste unbedingt heute noch ein paar Informationen erhalten. Sonst wäre an Schlaf für sie abermals nicht zu denken. Auf dem Weg verselbständigten sich ihre Gedanken ein ums andere Mal. Wieso hatte sie sich dermaßen in ihrer ehemals besten Freundin geirrt? Sie war sich deren Loyalität so sicher gewesen. War sie tatsächlich ein solches Monster, wie es jetzt den Anschein hatte?
Sophia klingelte dreimal ohne Erfolg an Alex' Wohnungstür, die ja bis vor kurzem auch die ihre gewesen war. Nichts regte sich. Danach begann sie, erbarmungslos mit den Fäusten gegen die hölzerne Eingangstür zu hämmern. Endlich öffnete sich die Tür einen Spalt breit. Eilig zwängte sich Sophia hindurch. Ihre Freundin stand fix fertig angezogen mit ihren schwarzen Turnschuhen und der dünnen grauen Softshell-Jacke im Eingangsbereich. Eine sportliche schwarze Umhängetasche baumelte lose an ihrer linken Schulter.

„Du willst noch weg? Na, wie ich sehe, hat dich dein Liebhaber bereits vor meinem Auftauchen gewarnt.", begrüßte sie die wild zerzauste Freundin. Alex hatte sich offensichtlich gerade im Aufbruch befunden. In hohem Bogen warf Sophia die Lefkada-Fotos vor ihrer Freundin auf den Boden. Peinlich berührt blickte Alex sie an.

„Sophia, ich weiß gar nicht, was ich sagen soll. Es tut mir einfach so schrecklich leid. Bitte.", Das war alles, was sie herausbrachte. Dann kamen die ersten Tränen.

„Wie lange treibt ihr beide dieses niederträchtige Spiel schon hinter meinem Rücken? Du und Marcel?", fragte sie Alex scharf. Die startete einen kläglichen Erklärungsversuch.

„Noch nicht lange. Ich schwöre, Sophia. Du warst die ganzen Monate nach Toms Tod so tieftraurig und einsam."

„Ach so, und da hast du gedacht, mal schnell Schicksal zu spielen für die arme bemitleidenswerte Sophia wäre des Rätsels Lösung, was?" Ihre Stimme überschlug sich vor Empörung.

„Nein – ja. Ich weiß auch nicht.", schniefte Alex verlegen. Sie versuchte, eine halbwegs nachvollziehbare Erklärung zustande zu bringen. Sie durfte Sophias Freundschaft nicht verlieren. So viel hatten sie zusammen erlebt.

„Alles begann nach deinem Konzert im Foyer. Du warst bei dieser ersten Begegnung so angetan von Marcel. Ähnlich wie damals bei Tom. Ich wollte dir helfen und dich wieder einmal glücklich sehen. Du bist schließlich meine Freundin." Das Wort ‚beste' verkniff sie sich der Situation geschuldet im letzten Augenblick.

„Darum habe ich Marcel heimlich deine Nummer zugesteckt." Sophia schonte ihren einst so vertrauten Herzensmenschen nicht. Unverhohlen sah sie Alex in die verweinten Augen. Diese strahlten echte Verzweiflung aus. Fast tat ihr die Frau vor ihr leid. Aber eben nur fast.

„Niemals hätte ich gedacht, dass ihr gleich heiraten würdet. Dann hast du ein paar Monate nach eurer Hochzeit, als wir uns im ‚Dinatalia' getroffen haben, von gravierenden Problemen und Scheidung gesprochen. Weißt du noch? Sophia, ich schwöre, ich habe echt gedacht, es sei mehr oder weniger aus zwischen euch." Alex fixierte Sophia schuldbewusst.

„Mehr oder weniger. Pah! Du willst damit sagen, eure Affäre hat erst nach unserer Unterhaltung über meine unglückliche Ehe angefangen?"

„Hat es!" Schnell nickte Alex.

„Ja, ehrlich gesagt ziemlich bald danach. Wir haben uns heimlich getroffen, um über Marcels Übernahme des Politiker-Falls zu beraten. Du weißt schon. Da hat er mich vollgejammert, wie wenig Verständnis du für ihn und seinen anstrengenden Beruf hättest. Er hat sich regelrecht bei mir über dich ausgeweint. Und er hat mir versichert, zwischen euch herrsche auf sexuellem Gebiet schon länger Flaute. Da liefe rein gar nichts mehr. Dann ist er für ein paar Tage mit mir nach Lefkada in seine Villa gefahren." Die Freundin schniefte laut. Es war für Alex das Abenteuer ihres bisherigen Lebens gewesen. Ein Nervenkitzel. Aber das musste, nein, das durfte sie ihrer Freundin natürlich keinesfalls unter die Nase reiben.

„Wann war das? Denk jetzt bitte scharf nach, Alex."

„Das muss Ende Juni gewesen sein, so um den 30sten. Glaub ich mal." Sophia wurde schwindlig vor Augen. So viel Kaltblütigkeit hätte sie nicht einmal ihrem gefühlsarmen Noch-Ehemann zugetraut. Mitten während ihrer Konzerttournee im Norden Deutschlands hatte er sie allein gelassen, um den Rest der Woche ungeniert mit seiner Geliebten ans Meer zu fahren. Das war an Dreistigkeit und Gemeinheit nicht mehr zu überbieten. Dieser Schuft! Die sexuelle Abwechslung hatte er der Einfachheit halber bei ihrer besten Freundin und allerengsten Seelenverwandten gesucht. Und dort anscheinend auch gefunden.

„Unsere Beziehung, also Affäre hat nicht lange gedauert. Unmittelbar bevor du mit uns Mädels die Reise nach Lefkada angetreten hast, habe ich Schluss mit ihm gemacht. Er ging an jenem Samstagabend enttäuscht aus meiner Wohnung.
Ich konnte dich nicht länger belügen und betrügen. Es hat mir jedes Mal das Herz gebrochen." Alex stockte kurz, unsi-

cher, ob sie tatsächlich alles erzählen sollte. Doch sie entschied sich dafür.

„Im Morgengrauen kam Marcel plötzlich betrunken und mit einem riesigen Strauß roter Rosen wieder bei mir an. Er flennte, ich solle ihm verzeihen. Und er würde dir endlich die Wahrheit über uns sagen. Aber ich bin hart geblieben. Ich konnte und wollte das alles nicht mehr. Tags zuvor hatte ich deswegen beinahe einen psychischen Zusammenbruch. Denn ich hatte dir gegenüber schon die ganze Zeit ein furchtbar schlechtes Gewissen. Dass er sich nicht von dir trennen würde, ist mir nach und nach klar geworden. Bitte, glaub mir!" Alex versuchte krampfhaft, Sophia von der Wahrheit ihrer Worte zu überzeugen. Es gelang ihr mitnichten.

„Ich kann mir bei Gott nicht erklären, wie es so weit kommen konnte. Du bist doch meine Freundin. Meine beste Freundin. Aber du kennst Marcels Überzeugungskraft. Sophia, bitte verzeih mir!"
Ja, die kannte sie inzwischen nur zu gut, Marcels Überzeugungsfähigkeit. Und vor allem auch seine erotische Anziehungskraft. Und sein Gesülze, wenn er in Stimmung war. Im Nachhinein sowas von ekelhaft und abtörnend. Absolut widerlich.

Sophia hatte fürs erste genug gehört. Es war ihr im Augenblick egal, ob die beiden noch immer in Kontakt waren oder nicht. Zu Schwerwiegendes war vorgefallen. Es war deshalb auch viel zu früh, an irgendeine Form der Vergebung zu denken. So sehr Alex auch flehte.
Sie musste dringend heim, um nachzudenken, um das eben Gehörte halbwegs einordnen zu können.
Doch wo war ihr Zuhause jetzt?

So kurz wie möglich verständigte sie ihre Mutter am Telefon über die Vorfälle. Der Sachverhalt war klar. Marcel hatte sie betrogen. Mit Erlaubnis der Eltern würde sie für einige Zeit nachhause ziehen. Ihre Beziehung war zu Ende. Allerdings verschwieg sie trotz drängender Nachfrage ihrer Mutter den Namen der zweiten beteiligten Person eisern.

Wenig später sammelte Sophia in ihrem einstigen Zuhause den Großteil ihrer persönlichen Dinge zusammen. Sie packte alles in ihren großen silbernen Reisekoffer und war gerade im Begriff, die Wohnung Hals über Kopf zu verlassen. Da traf sie an der Eingangstür auf ihren verschwitzten Ehemann, der sie in Windeseile zurück in die gemeinsame Wohnung drängte.

„Sophia, bitte verzeih mir. Und sei wieder vernünftig. Ich brauche dich! Ehrlich! Das kannst du mir nicht antun! Nicht jetzt! Bitte!" Er schnappte bei seinen Worten nach Luft.

„Ich kann dir das nicht antun? Nicht jetzt?", echote sie verwundert. Wieso ließ er sie nicht einfach gehen? Seine ewig währende Liebe zu ihr konnte jedenfalls nicht der Grund dafür sein.

„Ich verspreche dir: Ich werde dir alles ermöglichen. Zumindest in finanzieller Hinsicht. Du kannst dir wünschen, was immer du willst. Du wirst es von mir bekommen. Aber bitte verlass mich nicht!", beschwörte er sie ein weiteres Mal. Sophia sah ihn fragend an. Wiederum verstand sie seine Forderung nicht. So sehr sie sich bemühte, sie konnte nicht so diabolisch denken wie er. Doch es war nur logisch, dass auch bei diesem Betteln und Flehen etwas von ihr nicht Bedachtes, etwas absolut Infames, dahinterstecken musste. Obwohl sie noch nicht dahintergekommen war, worum es in dieser

Angelegenheit genau ging, war sie sich sicher, damit abermals auf der richtigen Fährte zu sein. Marcel seinerseits erkannte, dass er mit der Wahrheit nicht länger hinter den Berg halten konnte, wenn er seinen A... in letzter Sekunde retten wollte.

„Also, Sophia. Ich will nicht mehr länger um den heißen Brei herumreden.", gab er schließlich klein bei.

„In zwei Wochen ist meine Angelobung als neuer Chef des deutschen Juristenbundes. Zumindest, wie es bis jetzt ausschaut. Ich habe aber eine scharfe Opposition im Rücken. Eine, die darauf wartet, bei mir eine Leiche im Keller zu entdecken. Deswegen brauche ich dich in dieser Sache. Wenn du also so nett sein könntest."

Aha, alles klar und aus seiner Sicht auch vollkommen logisch. Ein mehr als verständliches Anliegen, ging es doch um nichts Geringeres als seine Karriere.

Daher wehte der Wind. Eine gescheiterte Ehe würde in dem elitären Club der Studierten des in diesem Land geltenden Rechts wohl bereits als eine ‚Leiche' zählen. Marcel Hohenbergs Saubermann-Image wäre zerstört. Er brauchte unbedingt eine liebende Ehefrau an seiner Seite. Eine, die ihm den Rücken stärkte und mit ihm zusammen heile Welt spielte. Im 21. Jahrhundert.

„Wie ernüchternd", dachte Sophia. Sie war eine absolute Befürworterin von Toleranz und Gleichberechtigung in jeglicher Hinsicht. Und der Queer-Bewegung im Besonderen. Wehmütig dachte sie an die lieben schwulen Freunde aus ihrer Zeit in Hamburg. Aus der Tiefe ihres Herzens war sie davon überzeugt, dass jeder genau so leben sollte, wie er leben möchte. Ohne Grenzen und Tabus. Vorausgesetzt, man schadete niemandem dabei. Im vorliegenden Fall lag der „Schaden" unglücklicherweise einzig und allein bei ihr.

Nach kurzem Grübeln sah sie ihn mit einem süffisanten Lächeln an.
„Naja, du kannst dir denken, dass ich mir das zuerst überlegen muss. Gut überlegen." Dabei sah sie Marcel vielsagend an.
„Nimm dir ruhig Zeit." Beeilte er sich, ihr großzügig zu versichern. Offensichtlich war er erleichtert, dass er von der gehörnten Ehefrau keine Abfuhr kassiert hatte.
Die nächsten Tage verbrachte Sophia hauptsächlich mit Lesen und Nachdenken im Bett oder im Musikzimmer beim Geige üben. Stundenlang grübelte sie darüber, wie sie mit der dreisten Bitte ihres Noch-Ehemannes umgehen sollte. Sie liebte ihn nicht mehr. Soviel stand fest. Ja, vielleicht hatte sie diesen Mann auch gar nie richtig geliebt. Jedenfalls nicht in demselben Maße wie Tom. Vermutlich hatte sie sich von Anfang an in etwas verrannt. Hatte die unvergessliche Zeit mit Tom wieder künstlich heraufbeschwören wollen. Nun, das war ja ordentlich missglückt. Obwohl sie zweifellos eine ganze Weile in Marcel verliebt gewesen war.
Trotz all dem hatte sie es keinesfalls verdient, so hintergangen zu werden. So viel war sie auch in dieser Ausnahmesituation imstande zu analysieren. Sophias Selbstwertgefühl hatte durch das abgekartete Spiel ihrer zwei besten Freunde oder wohl eher Feinde unwiderruflich einen enormen Knacks bekommen.

Wiederholt stellte sie unterschiedlichste Überlegungen an: Hatte sie irgendeinen Grund, Marcel durch ihr Schauspielern nach oben zu verhelfen und so seine Karriere in neue Sphären zu heben? Beim besten Willen fiel ihr kein plausibler Grund ein, die glückliche Ehefrau an seiner Seite zu mimen.

Sophia hatte erheblich an Vertrauen in ihr näheres Umfeld verloren. Zu viel hatte sie in ihrem jungen Leben bereits erleiden und ertragen müssen. Nur schwer konnte sie ab diesem Zeitpunkt einschätzen, ob sie jemandem tatsächlich glauben oder sich gar auf jemanden verlassen konnte. Und dadurch ein weiteres Mal schmerzlich enttäuscht werden würde. Sie beschloss, im Zweifelsfall in Zukunft lieber gänzlich davon abzusehen.

Gleichzeitig keimte in jener Trennungszeit eine bisher nie gekannte Emotion in Sophia auf. Sie hatte das Gefühl, den beiden Menschen, die auf ihre Kosten ein Doppelleben geführt hatten, etwas zurückzahlen zu wollen. Zum ersten Mal im Leben sann sie tatsächlich auf Rache. Oder zumindest auf Genugtuung. Ihr Kopf arbeitete in dieser Sache auf Hochtouren.

Es dauerte weitere drei Tage, bis ihr die glorreiche Idee endlich in den Sinn kam.

## Neunzehntes Kapitel

Sie hatten sich auf halb acht Uhr im ‚Dinatalia' verabredet. Entgegen seiner Gepflogenheit saß Marcel bereits am Tisch, als sie eintraf. Dieser Termin musste ihm ausnehmend wichtig sein.
„Schön, dich zu sehen, Sophia." Er schien sich aufrichtig zu freuen. Sie ließ sich jedoch nicht mehr so naiv hinters Licht führen. Er war ein Wolf im Schafspelz. Ihr war bewusst, was für ihn gerade auf dem Spiel stand: sein Lebenstraum von Macht und dem ganz großen Reichtum. Wenn die Erzählungen seiner Mutter stimmten, wovon Sophia nach ihren eigenen jüngsten Erfahrungen ausgehen musste, hatte Marcel so einige untugendhafte Charaktereigenschaften seines Vaters geerbt. Wie dieser ging er über Leichen, um seine Ziele erreichen zu können.

Da Sophia abwesend wirkte, echote ihr Noch-Ehemann etwas lauter und eindringlicher:
„Ich freue mich, dich zu sehen, Babe. Hörst du. Ich habe dich vermisst die letzten Tage. Ehrlich." Genervt verdrehte sie ob dieser unpassenden Aussage die Augen. Typisch Marcel.

Nichtsdestotrotz war es auf eine Weise auch die Wahrheit. Er vermisste sie. So sehr er aufgrund seiner reduzierten Gefühlswelt und fehlenden Empathie eben fähig war, jemanden zu vermissen. Er vermisste ihre Fürsorge, ihre Loyalität ihm gegenüber, ihre hundertprozentige Integrität. Alles Eigenschaften, die er selbst zwar mitnichten besaß, bei anderen aber durchaus zu schätzen wusste. Es gab auf dieser Erde eben nicht nur Schwarz für böse und Weiß für gut. Da waren auch diese verschiedensten Grauschattierungen, in denen sich der Mensch bewegte. Sogar ein zwiespältiger Mensch wie Marcel. So wie jetzt gerade.

Verachtend und herablassend beäugte Sophia ihn. Dann räusperte sie sich. Wie hatte sie sich nur jemals in diese bemitleidenswerte, emotional verkümmerte Kreatur verlieben können.

„Nun, wie auch immer. Ich möchte Tacheles mit dir reden. Die letzten Tage habe ich viel über unsere Vergangenheit nachgedacht, Marcel. Und ich kann dich gleich beruhigen. Ich lasse mich auf dein Angebot ein." Gefolgt auf diesen Satz atmete er hörbar aus. Seine Erleichterung war zu groß, um sie in irgendeiner Weise zu verbergen.
Unbeeindruckt fuhr Sophia fort:

„Wie du dir denken kannst, wird diese Aktion nicht gerade billig für dich werden, mein Lieber. Vor allem, wenn ich heucheln und schauspielern soll. Was an sich nicht mein Stil ist. Ich meine, die Aktion war durchaus billig – von deiner und Alex' Seite aus gesehen. Da wirst du mir sicher zustimmen." Sie kicherte die letzten beiden Sätze leicht hysterisch vor sich hin. Verunsichert schaute Marcel sie an. Was er in ihrem Blick sah, behagte ihm nicht.

„Also, um es kurz zu machen: Um deine Karriere zu retten, helfe ich dir. Allerdings habe ich eine Bedingung, die du erfüllen musst." Frontal blickte Sophia ihm ins Gesicht. Mit Wohlwollen nahm sie zur Kenntnis, dass seine Augenlider leicht zuckten. Ein Anflug von Nervosität, was sie in der Zwischenzeit nur allzu gut an ihm kannte.

Irritiert sah Marcel seine Ehefrau an. Die ganze Situation erschien ihm vollkommen verkehrt. Ja, suspekt und absurd. Für gewöhnlich war er derjenige, der die Oberhand behielt und den letzten Joker im Ärmel hatte. Neidlos musste er zugeben, dass seine Ehefrau schnell gelernt hatte. Ver-

dammt schnell. Sie war eine harte und kaltblütig agierende Verhandlerin geworden. Fast war er ein wenig beeindruckt von ihr.
Es knisterte jetzt förmlich vor Energie.
„Ich fordere von dir als Gegenleistung:" um es spannender zu machen, pausierte sie an dieser Stelle vielsagend und schnaufte einmal tief ein. Dann vollendete sie:
„die Villa Lefkas. Nicht mehr und nicht weniger."
Dieser kleine Satz tat seine Wirkung.
Es dauerte mehrere Augenblicke, ehe sich Marcel von dem eben Gehörten erholt hatte.
„Du forderst was?", schrie er. Er war überrascht und entsetzt gleichzeitig.
„Du hast richtig verstanden, mein Lieber. Ich will die griechische Villa." Sie blieb seelenruhig. Seine Reaktion war exakt so, wie sie es sich im Geheimen vorgestellt oder zumindest erhofft hatte.
„Aber, aber das geht nicht. Dir ist doch klar, dass dieses Haus ureigenster Familienbesitz ist. Urältester Familienbesitz, um es genau zu formulieren. Darüber kann ich nicht so einfach verfügen, Babe. Ich verspreche dir hoch und heilig, ich baue dir ein neues Ferienhaus! Moderner und größer als das kleine alte. Aber die Villa Lefkas. Mein Vater würde mir das nie verzeihen. Das weißt du. Gott hab ihn selig. Auch meine Mutter hängt sehr daran. Und mein Großvater würde sich im Grabe umdrehen. Und ich hatte dort schöne Zeiten. Jahrelang.", jammerte er, gegen Schluss seines Monologs wieder einmal vor allem sich selbst bemitleidend. Das zu erbringende Opfer war um einiges größer und dramatischer, als er sich in seinen kühnsten Albträumen vorgestellt hatte.
Zudem war Marcel von seiner eigenen Reaktion schockiert und verängstigt. Nie hätte er gedacht, für irgendjemanden

oder irgendetwas tief drinnen eine solch verborgene Liebe zu hegen. Jedenfalls keine, die ihm nicht jederzeit kalkulierbar und steuerbar erschien. So sehr hing er also an diesem südländischen Häuschen. In der Tat mehr als an all seinen Mitmenschen.

Sophia zuckte nur gleichgültig mit den Schultern. Das war in ihren Augen das Mindeste, was ihr nach all der Schmach zustand. Den genialen Einfall, die Villa zu fordern, hatte sie auf den allerletzten Drücker gehabt.

„Ich will die Villa. Ansonsten: Mir ist es egal. Dann wird es eben nichts mit unserer Abmachung. So einfach ist das!" Sie blieb kompromisslos.

Es dauerte nicht lange, da wich Marcels Bestürzung einem unausweichlichen Einlenken und Nachgeben. Wie übermächtig musste sein Karrierestreben, wie riesig sein Machtstreben sein. Sophia fröstelte es am ganzen Körper. Rasch zog sie sich die schwarze Häkelstrickjacke fester um die Schultern.

„Aber eigentlich finde ich es nicht fair von dir, das von mir zu verlangen. Warum bist du auf einmal so hartherzig und so asozial?" Er war immer noch irritiert ob ihrer Gerissenheit.

„Asozial? Ja, weißt du, eine Hand wäscht die andere, lieber Marcel. Endlich habe ich kapiert, dass mich das Naivsein auf dieser Welt und in diesem Leben nicht weiterbringt." Sie triumphierte. Und kostete dieses Gefühl ausgiebig aus.

„Ach ja, bevor ich es vergesse: Hier hast du die Kontaktdaten meines Anwalts. Ich nehme an, du kennst ihn. Es ist der aufstrebende junge Verteidiger, der vor einiger Zeit in diesem unrühmlichen Scheidungsfall gegen dich verloren hat. Er tat mir im Gerichtssaal so leid. Deine Methode der Einschüchterung seiner Mandantin war nicht besonders nobel. Und auch nicht besonders einfallsreich." Nun veränderte Sophia ihren Tonfall. Er wurde rauer und bestimmender.

„Bis in einer Woche ist alles geregelt oder der Deal ist geplatzt, mein Lieber! Das habe ich im Übrigen von dir gelernt: Time is money, Babe."

Damit machte sie auf dem Absatz kehrt und ließ ihren Göttergatten mit den perfekt vorbereiteten juristischen Unterlagen und der bereits aufgegebenen Essensbestellung mutterseelenallein am Tisch sitzen.

## Zwanzigstes Kapitel

Der Saal war zum Bersten voll mit den bekanntesten Juristen des Landes. Sophia saß in ihrer sündhaft teuren, tief dekolletierten silbernen Abendrobe neben Marcel. Gelangweilt lauschte sie den Festrednern anlässlich diverser Beförderungen in mehr oder minder wichtige Ämter. Mit jeder Minute wurde der Festakt mehr zur Belastung für sie. Alles in ihr krampfte sich zusammen, ob der Oberflächlichkeit des elitären Haufens an neureichen Akademikern. Sie spürte erneut einen erschreckenden Hass in sich aufsteigen. Gewiss gab es in dieser illustren Großrunde der deutschen Oberschicht noch mehr Karrieristen. Solche, die zur Erreichung ihrer Ziele ebenfalls buchstäblich über Leichen gehen würden. Selbst über die der eigenen Ehefrau. So wie Marcel es getan hatte.

Doch ihre inneren menschlichen Qualen lohnten sich. Die griechische Villa war bereits auf Sophia als Besitzerin überschrieben, alle Unterlagen beidseitig unterzeichnet worden.

Vom jetzt gerade eingesetzten Juristenjargon des scheidenden höchsten Anwaltsvertreters verstand sie allerdings so viel wie ein Elefant vom Balancieren. Nur mit Mühe unterdrückte Sophia ein störendes Gähnen in die allgemeine Stille hinein.
Nach einer gefühlten Ewigkeit wurde endlich Marcels Name genannt. Schon als er sich erhob, wurde ihm von allen Seiten anerkennend auf die Schulter geklopft.
Er marschierte stolz und erhobenen Hauptes in Richtung Bühne, richtete sich professionell das Mikrofon her und begann mit seiner Laudatio.

Wie vor ein paar Monaten hing ihm sein Publikum im Nu an den Lippen. Marcel besaß dieses gewisse Charisma allem Anschein nach von Natur aus. Er war eine Erscheinung in der Öffentlichkeit. Wenngleich eine trügerische. Eine Mogelpackung.
Auch das, was er sagte, hatte in diesem Fall Hand und Fuß. Sophia musste zugeben, dass er mit seiner markanten Dankesrede, beziehungsweise Ansprache, den Nagel auf den Kopf traf. Ein außerordentliches rhetorisches Talent konnte man ihm weiß Gott nicht absprechen. Ebenso wenig fehlte es ihm an Intelligenz. Das zeigten die Relevanz und der Gehalt seines Vortrags. Inhaltlich griff er Themen auf, die gerade hochaktuell und brisant waren. Und zugegebenermaßen ausnehmend fundamental in der heutigen Zeit.
Marcel appellierte mit Nachdruck an die Regierung, endlich schärfere Gesetze gegen Fremdenhass und Rassismus jeglicher Art zu erlassen. Es ging grundsätzlich um die Menschlichkeit, um die vielbeschworene ‚humanitas'.
Sogar sie als Nicht-Juristin konnte jedem einzelnen seiner Worte folgen. Und jeden seiner Sätze unterschreiben. Der Inhalt seiner Rede widersprach allerdings komplett seinen eigenen Taten im privaten und beruflichen Leben. Diese überwältigende Laudatio war wenigstens eine Erklärung dafür, wieso sie Marcel jemals hatte verfallen können. War er doch ein ausgeklügelter Blender und egoistischer Pharisäer. Ein Mensch, der in seinem realen Leben nicht annähernd ‚human' agierte. Dazu fehlte es ihm an persönlicher Wärme und Empathie.

Ganz zum Schluss seines beeindruckenden Referats bedankte er sich bei Sophia höchstpersönlich. Verdutzt hörte sie ihm zu.

„Ach ja. Das Allerwichtigste in meinem Leben hätte ich in meiner Aufregung beinahe vergessen. Meine Nerven aber auch." Verständnisvolles Gelächter aus dem Zuschauerraum.

„Was ich sagen wollte, ist: Das alles habe ich in erster Linie meiner bezaubernden Ehefrau und großartigen Künstlerin Sophia Goldmann zu verdanken. Wie heißt es so treffend: Hinter jedem erfolgreichen Mann steht eine starke Frau. Schatz, ohne deine Liebe und Fürsprache wäre ich heute nicht hier und würde auch nicht zu Ihnen als neuer Präsident des Juristenbundes sprechen. Mein Schatz, ich liebe dich über alles! Ich bitte um Applaus für Sophia Goldmann." Wie auf Kommando setzte die Jazzband ein. Sophia kam sich vor wie bei der Oskar-Verleihung.

Die nette Dame zur Linken schaute sie gerührt und den Tränen nahe von der Seite an. Sie hob sie am Arm hoch und zwang Sophia, aufzustehen. Es widerstrebte ihr zwar, allerdings hatte sie gar keine andere Wahl. Süß-sauer lächelnd verbeugte sie sich, um damit ihren Dank auszudrücken. So, wie es die Allgemeinheit von ihr erwartete.

Endlich schien dieses Affentheater vorbei zu sein. Sophia war erleichtert. Doch in Wahrheit ging das Schauspiel erst richtig los. Wie bei der ersten Veranstaltung wurden sie im Anschluss an den offiziellen Teil als perfektes Paar gefeiert und gebührend beglückwünscht. Die penetrante Ehefrau des nunmehrigen Ex- Juristen-Chefs des Landes rauschte wie ein Goldengel an Sophias Seite. Ihr nun pensionierter Ehemann steuerte direkt auf Marcel zu.

„Ich sehe, mein Guter, Sie haben meinen Rat befolgt. Ich bin sehr zufrieden mit Ihnen, Marcel. Und natürlich erst recht mit Ihrer sicher ebenso stolzen Ehegattin." Damit nickte er in Sophias Richtung. In ihr kochte es. Ihre Augen funkelten schelmisch, als sie sagte:

„Ja genau, die stolze Gattin ist ja sowas von froh, dass Sie zufrieden mit Marcel und mir sind. Ich wüsste nicht, was mich stolzer machen würde, als Sie so befriedigt zu sehen, mein Guter!" Diese zweideutige Antwort brachte ihr einen tödlichen Blick und einen heftigen Fußtritt ihres Göttergatten ein. Irritiert schaute sie der ältere Mann von der Seite an. Dann hob er geistesgegenwärtig sein Champagner-Glas und sprach einen Trinkspruch vor versammelter Mannschaft.

„Ich hoffe, dass das junge Eheglück dieser beiden entzückenden Liebenden noch lange währt! Trinken Sie mit mir darauf ein Gläschen! Auf Marcel und seine bezaubernde Gattin Sophia!"

Nun lief die bezaubernde Sophia zur Hochform auf. Natürlich erwiderte sie, noch bevor Marcel reagieren konnte:

„Oh, was für eine gute Idee. Ja, trinken wir darauf. Auf Marcel, meinen liebenden Gatten, und auf mich, seine ihn anbetende Ehefrau. Auf dass unsere Beziehung weiterhin auf so viel Liebe, Loyalität und, vor allen Dingen, auf so viel Ehrlichkeit beruht!" Sie betonte dabei die richtigen Wörter an den richtigen Stellen. Auch aus ihrem Gesichtsausdruck sprach jetzt blanke Ironie.

Damit prostete Sophia dem verblüfften Ehepaar und allen anderen anwesenden Gästen in der Runde süffisant zu. Dann trank sie ihr zweites Glas in einem Zug leer. Marcel zog seine Frau wutschnaubend beiseite.

„Sag mal, was soll denn das? Hör endlich auf mit diesem verdammten Theater, Sophia!" Er schrie sie an, außer sich vor Zorn. Erstaunt drehten sich einige der Festgäste nach ihnen um. Sie aber blieb ganz gelassen. Zuckersüß entgegnete sie:

„Welches Theater denn, mein Honigbär? Ich soll doch schauspielern. Hast du selbst gesagt. Und es macht mir gerade so viel Spaß. Außerdem liebe ich es neuerdings, wenn du wütend bist. Wirklich köstlich. Und wie du meinen Namen aussprichst: So-phi-ja. Richtig süß." Sie lachte unschuldig dazu. Inzwischen war Sophia leicht beschwipst.

Doch der Abend war noch lange nicht vorbei für den armen Marcel. Je länger er dauerte, desto mehr Gläser vom edlen französischen Tropfen hatte sich seine Gattin genehmigt. Schließlich war ihre Betrunkenheit beim besten Willen nicht mehr zu übersehen. Und obwohl Marcel vorhatte, den großen Tag seines beruflichen Triumphs erheblich länger auszukosten und sich von seinen Kollegen entsprechend beweihräuchern zu lassen, war ihm Sophias Zustand langsam peinlich. Zudem war ihm das Risiko, aufgrund ihrer alkoholbedingt lockeren Zunge doch noch als frisch getrennt enttarnt zu werden, inzwischen zu groß. Enttäuscht verließ er deshalb gemeinsam mit seiner ‚bezaubernden Sophia' als einer der ersten die ‚Show'.
Das eilig herbeigerufene Taxi brachte die beiden sicher heim. Die betrunkene Ehegattin zu ihren Eltern, wie von ihr ausdrücklich befohlen, den schäumenden Ehemann in sein einsames Penthouse.

Am nächsten Morgen erwachte Sophia erst gegen Mittag und mit einem Brummschädel, der es in sich hatte. Trotz des massiven Alkoholkonsums am Vorabend konnte sie sich überraschenderweise an jede einzelne Begebenheit erinnern. Es war der Zeitpunkt der perfekten Abrechnung mit ihrem heimtückischen Ehemann gewesen. Sie hatte dieser chauvinistischen Marionette seines eigenen Machtstrebens eine denkwürdige Lektion erteilt. In der Tat war sie zufrieden mit dem Verlauf des vorangegangenen Abends. Sie hatte Marcel in schreckliche Ängste versetzt, gleichzeitig aber doch seinen Allerwertesten gerettet. Mit anderen Worten: Er war ihr völlig ausgeliefert gewesen. Sieg auf ganzer Linie.

Das Leben hatte Sophia in den vergangenen Monaten und Jahren eine gewisse Härte gelehrt. Sie durchlief eine Transformation vom Opfer zur Täterin. Allerdings nur bis zu dem Ausmaß, das ihr noch menschlich vertretbar erschien. Ihr war bewusst, dass andere es in ihrem Fall noch weiter auf die Spitze getrieben hätten. Vor allem, was die finanzielle Seite anbelangte. Keine Frage, es wäre bezüglich Finanzen noch viel mehr aus ihrem Ehemann herauszuholen gewesen. Allerdings konnte niemand aus seiner Haut.

Trotz all der erlittenen Ungerechtigkeiten wusste Sophia: Auch sie hatte in der jüngsten Vergangenheit schwerwiegende Fehler gemacht. Viel zu schnell und zu leichtgläubig hatte sie sich in die Beziehung mit Marcel gestürzt. Ohne diesen mit all seinen Stärken und noch mehr Schwächen überhaupt richtig gekannt zu haben. Und sie hatte sich in voller Naivität blenden lassen. In Wahrheit war ihr erneutes privates Unglück deshalb nichts Geringeres als eine Katastrophe für Sophia. Im Gegensatz zu Toms Tod, der in ihren Augen unaufhaltbares Schicksal gewesen war, handelte es sich nun aber um ein zum Teil selbst verschuldetes persönliches Scheitern. Diese Erkenntnis war bitter. Die Enttäuschung über sich selbst riesengroß.

Doch nach der gelungenen Rachaktion vom Vorabend konnte Sophia mit der tragischen Situation zu einem gewissen Grad abschließen. Sie konnte wieder in den Spiegel schauen. Vor allem war es ihr nach der verdienten Genugtu-

ung wieder möglich, nach vorne zu blicken. Und zum allerersten Mal seit ihrem Zusammenbruch hatte Sophia den Eindruck, auch allein klarzukommen. Obwohl seit ihrem körperlichen Absturz noch einiges an persönlichem Drama dazugekommen war.
Ab und zu verlief dieses Leben eben wie im Zeitraffer. Vermutlich würden ab jetzt gemütlichere Monate, oder hoffentlich Jahre, auf sie zukommen.
Das Gefühl des Rachenehmens tags zuvor hatte ihrem Selbstwertgefühl außerordentlich gutgetan. Wenngleich noch etliche innere Wunden vorhanden waren. Eine vollständige Verarbeitung des Erlebten würde dauern. Soviel war sicher.

Inmitten ihrer Gedanken klopfte es plötzlich zaghaft an der Tür. Sophias Mutter Lena streckte den Kopf herein.
„Liebes, Alex ist am Telefon. Sie möchte dich sprechen. Ich denke, es ist dringend."
So weit, dass sie sich freundschaftlichen Kontakt mit ihrer ehemaligen Freundin, nunmehrigen Herzensfeindin, vorstellen konnte, war Sophia noch lange nicht. Zu groß war die erlittene Schmach. Zur Verwunderung ihrer Mutter schüttelte sie deshalb heftig den Kopf.
„Sag ihr, ich sei krank." Sophias Tonfall war bestimmt und ließ keine Widerrede zu. Es war ihrer Ansicht nach auch keine Lüge. Sie war ‚krank', beziehungsweise gekränkt, im wahrsten Sinne des Wortes.
Wenig später klopfte es etwas heftiger. Lena kam herein. Sie setzte sich zu Sophia auf die Bettkante. So wie sie es in deren Kindheit immer getan hatte, wenn sie ein ernstes Gespräch zwischen Mutter und Tochter gesucht hatte.
„Schätzchen, willst du mir nicht sagen, warum du nicht mehr mit Alex redest? Du hast dir doch in der Vergan-

genheit in schwierigen Zeiten meistens Rat bei ihr geholt. Dir ihre Vorschläge wenigstens angehört. Ich denke, gerade jetzt, wo du und Marcel so große Probleme..." Ihr Bemühen war vergebens.

„Mama, bitte! Ich möchte in dieser Angelegenheit keinen Ratschlag von Alex bekommen. Das ist etwas, was ich mit mir selbst ausmachen muss. Ausschließlich mit mir. Vertrau mir, Mama."

Lena war tolerant und klug genug, diesen Wunsch ihrer Tochter ohne lästiges Nachbohren zu akzeptieren. Obwohl sie im Geheimen etwas ratlos und traurig darüber war.

Nun denn, jede Generation musste letztlich ihre Erfahrungen machen. Auch wenn man die eigenen Kinder gerne vor schmerzhaften bewahren würde.

Allerdings konnte Lena den tatsächlichen Grund, weshalb sie und Alfred in diesem Fall so geschont wurden, nur vage erahnen.

## Einundzwanzigstes Kapitel

Nach einer gefühlten Ewigkeit vergingen die Tage endlich einmal wie im Flug. Sophia hatte über sich selbst vorsichtshalber abermals ein längeres Auftrittsverbot verhängt. Es war dringend nötig, sich so richtig abzulenken, um danach wieder in die Gänge zu kommen.

Sie zeigte ihren verwunderten Eltern die ihr ‚von der Familie Hohenberg großzügigerweise geschenkte Villa Lefkas'. Die beiden kannten das griechische Häuschen bereits von der Hochzeit ihres Kindes auf der Insel. Besonders Lena war vom Charme des architektonischen Kleinods aufs Neue angetan.

„Oha, ganz mein Geschmack: die typisch griechischen blauen Fensterläden, die sandfarbenen Abbruchsteine am Boden, der sensationelle Ausblick. Unbezahlbar! Und das gehört jetzt wirklich dir? Ich fasse es nicht, Schatz." Die Mutter war überwältigt. Lena kam aus dem Schwärmen gar nicht mehr heraus.

Es wurden einzigartige Tage am Meer im Kreis der engsten Familie. Abends konnte Alfred sich am heimischen Holzkohlengrill austoben. Sogar der gestrenge Musiker geriet an diesem wunderbar ruhigen Ort in Urlaubsstimmung. Er schien den Frauen außergewöhnlich sorgenfrei und locker zu sein. So entspannt kannten sie ihn zuhause gar nicht.
Mit Aussicht bis an den Horizont saß die kleine Familie abends auf der Sonnenterasse beisammen und unterhielt sich über Gott und die Welt. Sophia konnte es nicht verhindern, im Laufe dieser intimen Unterhaltungen auf Marcels Untreue und der Entdeckung derselben zu sprechen zu kommen.

Trotz der Erleichterung, endlich jemanden eingeweiht zu haben, ließ sie Alex aus dem Spiel. Wer die Ehebrecherin gewesen war, blieb ihr streng gehütetes Geheimnis.
Lena war ihrer einzigen Tochter immer schon besonders nahe gewesen. Im Prinzip kannte sie ihr Mädchen in- und auswendig. Und selbstverständlich wusste sie aus eigenen vergangenen Erfahrungen, wie gemein, aber auch, wie wundervoll das Leben in seiner ganzen Dimension und Komplexität sein konnte. Es hatte sie mit ihrem untrüglichen Mutterinstinkt sowieso von Beginn an gewundert, dass ihr bescheidenes Mädchen auf einen augenscheinlichen Angeber wie Marcel vertraut hatte. Und letztendlich auf ihn hereingefallen war. Deshalb hatte sie als Mutter inzwischen eins und eins zusammengezählt. Längst war sie der Wahrheit verdammt nahegekommen.
„Nun, das Ganze ist natürlich alles andere als erfreulich. Es tut mir von Herzen leid für dich, Liebes. Aber sowas soll ja in den besten Familien vorkommen.", war deshalb Lenas schlichter Kommentar dazu. Beim letzten Satz ging ihr Blick in Alfreds Richtung.
Verstohlen strafte der seine Frau mit einem verächtlichen Kopfschütteln. Das musste nun bei Gott nicht sein. Doch nicht jetzt in dieser friedlich-familiären Vertrautheit.
„Naja, ich meine damit nur: Das Leben verläuft nicht immer so, wie wir es uns vorstellen. Oder wie wir uns das wünschen."
Unbemerkt war die hübsche Frau mittleren Alters unter ihrer Schminke errötet. In erster Linie aufgrund der erneut aufkeimenden Wut auf den eigenen untreuen Ehemann. Aber das war schließlich eine ganz andere Geschichte. Und außerdem allein ihr Problem.
Aufgrund der Tatsache, dass die Ehe mit Marcel endgültig gescheitert war, überkam Sophia täglich ein Gefühl der

Traurigkeit. Um sich abzulenken, fuhr sie spätnachmittags oft an einsame Strände. Dort spazierte sie kilometerweit im seichten Wasser. Die Kraft der Natur in Form von Wind und Wetter zu fühlen, tat ihr gut. Beim Anblick des Meeres kam es Sophia so vor, als ob jede einzelne Welle ihren Mund gekränkt kräuselte, um sich dann schäumend hinter der jeweils vorderen zu verstecken. Erneut wurde ihr bewusst: Ihre Ehe war von Beginn an ein unkalkulierbares Risiko gewesen. Diese Tatsache hatte Sophia der Einfachheit halber ausgeblendet. Einfach negiert. Das anschließende Tohuwabohu und das daraus resultierende Drama waren wohl in der Tat hauptsächlich ihrer eigenen Naivität geschuldet. Sophia schämte sich bei klarer Betrachtung für so viel Dummheit. Sie hatte sich hinter der Realität versteckt und nicht wahrhaben wollen, was alle anderen bereits längst hatten erkennen können. Immer wieder holte sie dieses Bewusstsein ein. Sowas durfte ihr nie, nie wieder passieren. Man konnte wahre Liebe nicht erzwingen.
Sophia sog die salzige Meeresluft tief in ihre Lunge ein. So lange, bis sie wieder einen Anflug von Freiheit in sich spürte.

Zuhause in München wusste Sophia ganz genau, was sie als nächstes tun würde.
Sie verabredete sich mit Felix auf den frühen Samstagnachmittag.
Als sie auf dem winzigen Flugplatz ein paar Kilometer außerhalb der Großstadt eintraf, wartete er bereits vor dem Hangar auf sie. Er schaute ihr freudig entgegen.
Wenig später stiegen die beiden mit ihrer Fallschirmausrüstung in den kleinen Flieger. Der erhob sich nach einigen Sekunden wie ein eleganter Vogel schwingend in die Lüfte.
  Eigentlich hatte Sophia zeitlebens unter Höhenangst gelitten. Doch plötzlich war diese wie weggeblasen. Sie schien

dem Himmel nah zu sein. Die einzelnen Wölkchen tanzten unter ihr wie winzige Wattebauschen. Sie schloss entspannt die Augen. Direkt neben sich spürte sie Tom. Ihren Tom. Ganz deutlich. Er begleitete sie. Sicher, wie ein Engel. Es war ein unheimlich wohltuendes, leichtes Gefühl.

Kurz vor dem Absprung dachte Sophia:
„Im freien Fall zu dir."
Sie atmete noch einmal tief ein, dann langsam aus. Eine unendliche Ruhe breitete sich in ihr aus. Als wenig später die Fliegertür geöffnet wurde, stürzte sie sich an Felix' Seite mutig und vertrauensvoll dem Himmel entgegen. Nein, sie hatte keine Angst. Nicht die geringste. Es war so, wie sie es sich vorgestellt hatte. Oder vielmehr, wie sie es sich erhofft hatte. In diesem Moment spürte Sophia sie: die grenzenlose Freiheit. Endlich bekam sie auch die Antwort, die sie all die Monate zuvor vergeblich gesucht hatte. Plötzlich konnte sie alles begreifen. Es gab keine Zwänge mehr. Es ging darum, Freiheit im Kopf zu erleben, sie zu fühlen. Und das Leben richtig zu spüren.

Im freien Fall schrie sie aus voller Kehle:
„Yeah – juchhuuu – yeah!" Sophia war glücklich. Und sie war zum ersten Mal seit Toms Tod völlig frei. Kein Zweifel: Das war extrem das Leben.
Der riesige Tandemfallschirm öffnete sich einige Sekunden später zuverlässig über den beiden Freunden.
„Tom, ich versteh' dich jetzt", flüsterte sie kaum hörbar ins bodenlose Nichts vor ihren Augen.

**ENDE Band 1**

**Fortsetzung folgt...**

**Sophias Gedanken einige Monate später:**

Für alles, was du mir angetan hast, wirst du eines Tages in der Hölle schmoren, das ist sicher. Mit deinem Egoismus, deiner Verlogenheit und deinen Machtspielen hättest du beinahe mein Leben zerstört, bevor es überhaupt richtig angefangen hat. Ich habe dich geliebt, Marcel, verstehst du. Nach langer Zeit der Trauer habe ich mich wieder auf jemanden eingelassen: auf dich. Ich habe dir vertraut. Doch du hast mich schamlos für deine eigenen Zwecke missbraucht, meine Loyalität, unsere Liebe, ja unser gemeinsames Leben mit Füßen getreten. Niemals werde ich dir das verzeihen. Niemals! Denn ich bin nicht länger die gutmütige, naive Marionette, die sich einfach betrügen und mit sich falsche Spielchen treiben lässt und die kinderleicht manipulierbar ist. Das klassische Opfer eben. Dein Opfer. Ich akzeptiere keine Lügen und Intrigen mehr, hörst du!

Falls ich Jannis tatsächlich verlasse, um zu dir zurückzukehren, wirst du das realisieren müssen. Glaube mir. Ich habe dir schon einmal gesagt: „Denk dran, mein Lieber: Man sieht sich im Leben immer zwei Mal!" Jetzt ist es soweit. Dieses ‚zweimal' ist gekommen. Allerdings aus anderen Gründen, als ursprünglich von mir gedacht und erhofft. Das Schicksal hat wiederum grausam zugeschlagen. Die Situation wird dadurch für uns beide neu und irgendwie verkehrt sein: Du wirst nämlich für einmal abhängig von mir sein anstatt umgekehrt. Wenn ich also aus meinem idyllischen griechischen Paradies nach Deutschland zurückkehre, erwarte ich, einen geläuterten Marcel vorzufinden. Dann erst wird sich nach einer Weile herausstellen, ob ich dich abgrundtief hasse. Oder ob Teile von mir dich in Wahrheit noch immer lieben können.

**Nachwort**

Es war höchste Zeit, endlich eine erste fiktive Geschichte zu realisieren, meinen ersten Roman. Das war mir bereits gegen Ende meines allerersten Buches klar, als ich noch mitten an meiner autobiographischen Erzählung arbeitete. Dieses Bewusstsein war es auch, das mich dazu veranlasste, während des Schreibens an meiner authentischen schlimmen Erfahrung bis zum Schluss durchzuhalten. Und den eigenen starken, ja beinahe unerträglich traurigen Emotionen nicht andauernd nachzugeben.

Schon bald könnte mich meine Fantasie in neue, unentdeckte, humorvollere und turbulente Gefilde führen. Darauf freute ich mich. Nicht umsonst. Den vorliegenden unterhaltsamen Beziehungs- und Gesellschaftsroman zu verfassen machte mir sogar noch um einiges mehr Spaß, als zu Anfang gehofft. Ich habe jede einzelne Minute genossen. Und tatsächlich kann man im Laufe der vorliegenden Geschichte meinen eigenen seelischen Gemütszustand und dessen Entwicklung von einem düsteren Grau zu Anfang bis zu hellen Silberstreifen gegen Schluss quasi mitverfolgen.
Nicht selten hockte ich mit lautem Gelächter vor einem meiner ironischen Dialoge, die sich wie von selbst spannen und von ganz alleine schrieben. Zumeist mitten in der Nacht und bis zum Morgengrauen – sehr zum Leidwesen meiner Familie.
Die vorliegende Erzählung ist Fiktion. Was sie mit meinem realen Leben allerdings gemeinsam hat, ist einerseits das Umfeld, das Musikermilieu, in dem ich mich auskenne und das der Handlung den Rahmen verleiht. Andererseits die Tatsache, dass mich große Gegensätze, die in spannender Form und mit Leidenschaft aufeinanderprallen, immer

schon magisch angezogen und fasziniert haben. Bestens Bescheid weiß ich natürlich über die kleineren und größeren Stürme des Lebens, durch die jeder von uns im Laufe seines Daseins muss. Alles andere ist frei erfunden.

Mein herzlicher Dank gilt in erster Linie meiner Familie, allen voran Werner, Lara und Fabio, meinem Papa Josef und meiner wunderbaren Verlegerin Judith Barbara Shoukier.

## Die Autorin

Tanja Scheichl-Ebenhoch, geb. 1973 in Vorarlberg/Österreich, ist die jüngste Tochter einer Lehrerfamilie und absolvierte nach ihrem Abitur mehrere Studien mit Auszeichnung, darunter Musik- und Instrumentalmusikpädagogik (Erstfach Violine, Zweitfach Klavier) am Mozarteum Salzburg (mit Abschluss als Mag.art.) und Anglistik/Amerikanistik an der Leopold-Franzens-Universität Innsbruck. Für ihre besonderen Leistungen erhielt sie 1997 den renommierten Würdigungspreis der Republik Österreich zuerkannt. Bis zu ihrer schweren Erkrankung im Frühjahr 2019 war sie unter anderem als Assistentin am Mozarteum/Abteilung X in Innsbruck, weiters als Violinpädagogin und Ensembleleiterin an mehreren Vorarlberger Schulen und ebenso als freiberufliche Musikerin in diversen Orchestern im In- und benachbarten Ausland tätig.

Heute lebt sie als leidenschaftliche Musikpädagogin, Musikerin und freie Autorin mit Mann, Kindern und Hund in Götzis, einer idyllischen 10 000 Seelen-Gemeinde im Dreiländereck im österreichischen Vorarlberg, unmittelbar an der Grenze zur Schweiz und zu Deutschland (Lindau am Bodensee).

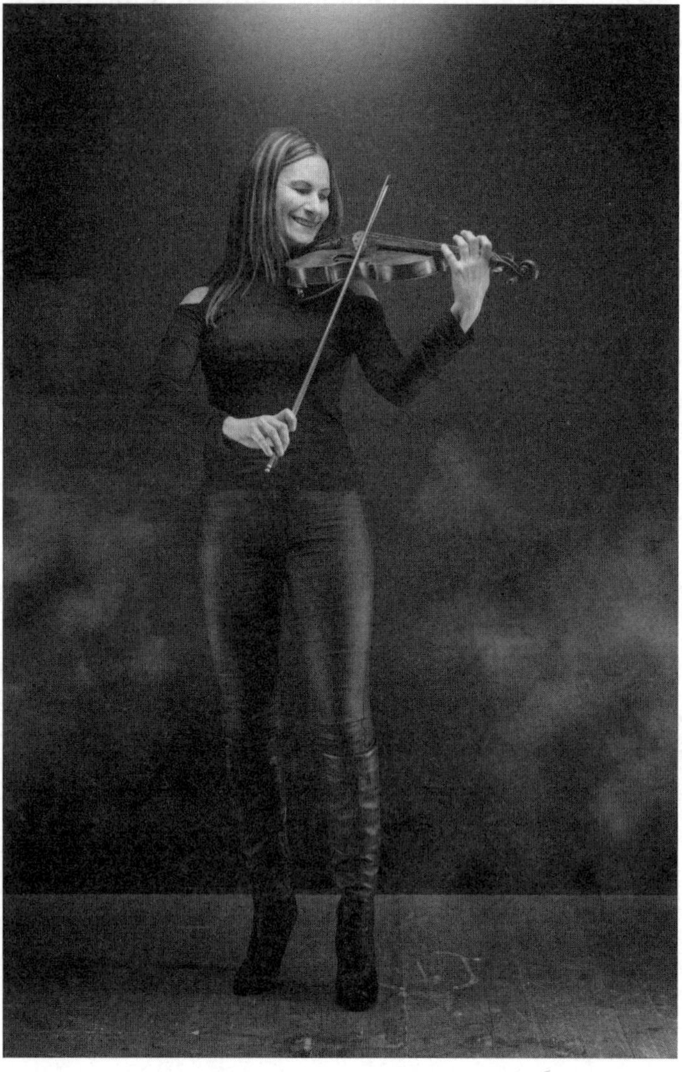